ぼくのなかのほんとう

パトリシア・マクラクラン作
若林千鶴訳
たるいし まこ絵

目次《もくじ》

これは、ほんとうの物語《ものがたり》です。これ以上《いじょう》ないくらいのほんとうの。
信《しん》じないかもしれませんね。でも、それはもったいないかも……。
だって、ほんとうなのですから。
証拠《しょうこ》だってありますよ……。

第《だい》1章《しょう》　ぼくのこと、いろいろ

ぼくの名前《なまえ》はロバート。ぼくの祖先《そせん》にも、たくさんのロバートがいる——親《しん》せきじゅうロバートだらけといってもいいくらい。おじさんたち、おおじさんたち、おじいさんに、ひいおじいさん、それにまだもっと祖先《そせん》にも。

野球場《やきゅうじょう》に行《い》ったら、ずらりとトイレに並《なら》ぶ人《ひと》たちみたいに、ぼくの祖先《そせん》が

長《なが》く続《つづ》いていて、そこにはたくさんのロバートたちがいるんだ。

ぼくはひとりっ子《こ》だ。

父《とう》さんも母《かあ》さんも、ぼくのことをきちんとロバートとよぶ。そんなふうによばれると、なんだか、大人《おとな》の服《ふく》を着《き》せられた子《こ》どもになったような気《き》がする。ほかの子《こ》みたいに、ハロルドをハリーとか、マイケルをマイクってよぶみたいに、親《した》しげによんでほしいんだけど。

一度父《いちどとう》さんたちに、もうひとり子《こ》どもを持《も》ったらといってみた。

母《かあ》さんはいった。

「どうしてもうひとり、別《べつ》の子《こ》をほしがらないといけないわけ？　あなたがいるじゃない」

そんなの、ひどい。

父《とう》さんたちは、動物《どうぶつ》の保護施設《ほごしせつ》から犬《いぬ》をもらってくれた。色《いろ》は茶色《ちゃいろ》。猟犬《りょうけん》

とのミックスでエリノアと名《な》づけた。ふだんは、親《した》しみをこめて短《みじか》くエリーとよんでいる。エリーはびっくりするくらい、よくしつけられた犬《いぬ》だった。ぼくらがいうことはなんでもできた。こんなにうまくしつけたのに、この子《こ》を捨《す》てた人《ひと》がいるなんて。ぼくは悲《かな》しくなった。どうして、そんなことをするんだろう？

エリーはぼくの一番《いちばん》の親友《しんゆう》だ。実際《じっさい》のところは、クラスに、ジャックやリジーっていう仲良《なかよ》しもいる。でも、ふたりはこの夏休《なつやす》みはサマーキャンプに行《い》ってしまう。ぶるぶるふるえるような朝《あさ》に、氷《こおり》のように冷《つめ》たい湖《みずうみ》で泳《およ》いだり、水筒《すいとう》をわすれて遠《とお》くまでハイキングに行《い》ったり、すぐにほどけちゃうような、ひものブレスレットを編《あ》んだりするんだ。ふたりとも、そんなのよりも、ぼくといっしょにマッディの家《いえ》に行《い》きたがってる。

エリーとおばあちゃんのマッディは、夏休《なつやす》みの最高《さいこう》の友《とも》だちだ。自分《じぶん》の犬《いぬ》が親友《しんゆう》だっていう子《こ》はけっこういる。だけど、おばあちゃんが親友《しんゆう》だっていう子《こ》はあまりいないんじゃないかな。でも、ぼくはそうなんだ。

両親《りょうしん》の仕事《しごと》は音楽家《おんがくか》。母《かあ》さんは、たぶん、ぼくよりもバイオリンが好《す》きなんだろうな。ぼくといっしょにいる時間《じかん》より、バイオリンを弾《ひ》いている時間《じかん》のほうが長《なが》いから。だけど、音楽家《おんがくか》ってそういうもんなんだって。

マッディはうちあけた。

「あの子《こ》が七《なな》つのときに、四分《よんぶん》の一《いち》サイズのバイオリンをあげたの。そしたら、すっかりバイオリンに夢中《むちゅう》になってしまった。わたしが悪《わる》かったのよ、ロビー」

父《とう》さんは、(もちろん名前《なまえ》はロバート)作曲家《さっきょくか》でビオラ奏者《そうしゃ》。ピアノは四《よん》台持《だいも》ってる。すごく大《おお》きなスタインウェイのピアノの下《した》で、小《ちい》さいころ遊《あそ》んだ。牛乳《ぎゅうにゅう》の入《はい》ったコップをピアノの下《した》によくかくしたんだ。牛乳《ぎゅうにゅう》が好《す》きじゃなかったから。牛乳《ぎゅうにゅう》はにおってきて、後《あと》でお手伝《てつだ》いさんが片《かた》づけてくれた。母《かあ》さんには告《つ》げ口《ぐち》されることはなかった。きっと、ぼくと同《おな》じで牛乳《ぎゅうにゅう》が好《す》きじゃなかったんだ。父《とう》さんはほかに、小《ちい》さめのグランドピアノが二台《にだい》に電《でん》子《し》ピアノ、そして旅行用《りょこうよう》のキーボードまで持《も》ってる。マッディは父《とう》さんのことを「鍵盤《けんばん》マニア」だといってる。

マッディはぼくのことを、ロビーとよんでくれる。ぼくはそれを気《き》に入《い》ってる。でも、マッディがする夢《ゆめ》みたいなお話《はなし》のせいで、両親《りょうしん》は神経《しんけい》をぴりぴりさせている。

ぼくもふたりの神経《しんけい》をぴりぴりさせるみたい。でも、似《に》た者同士《ものどうし》だから、マッディのことが好《す》きなんじゃない。

学校《がっこう》で自分《じぶん》が実際《じっさい》に体験《たいけん》したできごとを、具体的《ぐたいてき》に書《か》くっていう課題《かだい》があった。これは、母《かあ》さんのカルテット（弦楽四重奏団《げんがくしじゅうそうだん》）が、第二《だいに》バイオリニストのオーディションをしているところを書《か》いた作文《さくぶん》。第一《だいいち》バイオリニストが母《かあ》さん。

「オーディション　終了《しゅうりょう》」

初《はじ》めの候補《こうほ》は、第一《だいいち》バイオリニストとまったく同《おな》じドレスを着《き》ている。信《しん》じてもらえるといいけど、くつまで一緒《いっしょ》。

第一《だいいち》バイオリニストは、当然《とうぜん》、その第二《だいに》バイオリニストをじろじろと、見《み》つめた。

第一《だいいち》バイオリニストは、当然《とうぜん》、その第二《だいに》バイオリニストを嫌《きら》いになった。

はい、オーディション　終了《しゅうりょう》。

背《せ》の高《たか》い男《おとこ》の人《ひと》が、ふふんという笑《わら》いを浮《う》かべて、オーディションを受《う》ける。

男《おとこ》の人《ひと》は大《おお》きな間違《まちが》いをした。

第一《だいいち》バイオリニストの音《おと》が〈わずかにずれている〉といったのだ。

で、オーディション　終了《しゅうりょう》。

小型《こがた》テリアみたいな、小柄《こがら》な女《おんな》の人《ひと》がオーディションを受《う》ける。

女《おんな》の人《ひと》がハミングする。

「ハミングしてるわよ」と第一《だいいち》バイオリニストがいう。

「していません」

「してるわ」

「そんなことありません」

「してるじゃない」

「いいえ、してません」

「してるでしょ」

「まさか」

「してる」

「いいえ」

やっぱり、オーディション　終了《しゅうりょう》。


ぼくの担任《たんにん》のクロス先生《せんせい》は、読《よ》んだとき大笑《おおわら》いした。でも、先生《せんせい》はほんとうのできごとだとは思《おも》ってないんだ。ぼくの書《か》いたことを、作《つく》り話《ばなし》だと思《おも》う先生《せんせい》はけっこういた。

マッディも「オーディション　終了《しゅうりょう》」を読《よ》んで笑《わら》った。だけど、マッディはほんとうにあったことだと知《し》っている。マッディは、母《かあ》さんのお母《かあ》さんなんだから、だからわかってる。

父《とう》さんも母《かあ》さんも、マッディのことをあまり信頼《しんらい》していない。ふたりともマッディの話《はな》すことをちっとも信《しん》じてないんだ。母《かあ》さんは、マッディのことを……まともじゃなくなってきているって、大《おお》げさなことをいう。

ふたりしておばあちゃんのことを、ひそひそ、こそこそと話《はな》している。一《いち》度《ど》母《かあ》さんが、マッディの主治医《しゅじい》のヘンリーに電話《でんわ》をして、自分《じぶん》の考《かんが》えをいったこともある。ぼくは、ほとんどなんでもわかっているから、そんなことも知《し》ってる。

マッディには、森《もり》の中《なか》に動物《どうぶつ》の友《とも》だちがたくさんいるというのもわかってる。一度《いちど》なんか、クマといっしょに丸太《まるた》にすわって、コーン・ブレッドを食《た》べたという話《はなし》も聞《き》いた。

だけど、ぼくは母《かあ》さんや父《とう》さんが知《し》らないことも知《し》っている。

マッディには不思議《ふしぎ》なちからがそなわっている。ほかの人《ひと》が持《も》っていないようなちからから。

ジャックとリジーもそのことは知《し》っている。ふたりは、マッディに会《あ》ったことがある。

「マッディには、〈神《かみ》さまからの贈《おく》りもの〉があるのよ」

リジーがいった。

「魔力《まりょく》みたいなもの？」

ぼくは聞《き》いた。

「ううん、〈神《かみ》さまからの贈《おく》りもの〉よ。全然《ぜんぜん》ちがうわ。ねえ、マッディがここに来《き》たときのことを思《おも》い出《だ》して。木《き》の枝《えだ》から、小鳥《ことり》たちがおりてきて、マッディに会いにきたでしょう？」

「それにキツネもやってきたよ。あれもマッディのところに来《き》たんじゃないか？　動物《どうぶつ》たちは、マッディなら安心《あんしん》だとわかっているのさ」

ジャックはいった。

「みんなマッディのそばにいたいのよ。それが〈神《かみ》さまからの贈《おく》りもの〉なの。動物《どうぶつ》たちはマッディを信頼《しんらい》しているの」

ぼくは、マッディが夢《ゆめ》みたいなお話《はなし》をしても気《き》にしない。

リジーとジャックも、やっぱり気《き》にしない。

だけど、父《とう》さんと母《かあ》さんは気《き》にするんだ。

ふたりとも、すごく心配《しんぱい》している。

第《だい》2章《しょう》　へんてこカルテット

やっと、母《かあ》さんのカルテットに、新《あたら》しい第二《だいに》バイオリニストが決《き》まった。見《み》た目《め》からすると、あり得《え》ない選択《せんたく》。服装《ふくそう》はひざあたりでばっさり切《き》ったジーンズにブーツ姿《すがた》。腕《うで》にはいくつかのタトゥーがある。ひとつなんて、「バイオリン命《いのち》♥」って、ほってある。名前《なまえ》はデビッド・チャンス。名前《なまえ》の

とおり、ぼくの母《かあ》さんといっしょに演奏《えんそう》するっていう、大《おお》きな〈チャンス〉をつかんだのだからおもしろい。母《かあ》さんは、デビッドの服装《ふくそう》は気《き》に入《い》らない。でも、演奏《えんそう》が始《はじ》まると目《め》つきが変《か》わった。とってもうれしそうだ。

父《とう》さんは、今日《きょう》はビオラを弾《ひ》いている。メアリーベスという、すごいぼさぼさ頭《あたま》のチェロ奏者《そうしゃ》がいる。メアリーベスは、もうすぐ赤《あか》ちゃんを産《う》む。お腹《なか》はチェロに隠《かく》れて、わからないんだけど。

母《かあ》さんが出産《しゅっさん》を喜《よろこ》んでいないのは確《たし》かだ。だって、別《べつ》のチェロ奏者《そうしゃ》を見《み》つけないといけないから。メアリーベスは、自分《じぶん》と同《おな》じようなすごいぼさぼさ頭《あたま》の赤《あか》ちゃんをほしがっているのも確《たし》かだ。

この人《ひと》たちはとにかくへんてこりんな一団《いちだん》なんだ。コンサートで演奏《えんそう》するときは「アレグロ・カルテット」とよばれている。アレグロはイタリア語《ご》で、「陽気《ようき》な」という意味《いみ》。音楽用語《おんがくようご》では「速《はや》く」かな。

ぼくは「へんてこカルテット」とよんでるけど。

どうして、新《あたら》しい第二《だいに》バイオリニストが必要《ひつよう》になったかというと、最初《さいしょ》のバイオリニストが突然《とつぜん》、亡《な》くなったから。しかもモーツァルトを演奏中《えんそうちゅう》に、ゆっくりと前《まえ》のめりに倒《たお》れた。このせいで、母《かあ》さんの予定《よてい》は、台無《だいな》しになった。コンサートをそこでやめて、倒《たお》れたバイオリニストに付《つ》き添《そ》い、舞台《ぶたい》から降《お》ろし、そしてコンサートは中止《ちゅうし》しないといけなかった。

今日《きょう》、みんなは同《おな》じモーツァルトを演奏《えんそう》している。第二《だいに》バイオリニストが亡《な》くなった、やわらかくやさしい演奏場面《えんそうばめん》にさしかかる。ぼくもきびきび演《えん》奏《そう》される場面《ばめん》より、ゆったりとしたきれいなメロディの中《なか》で死《し》ぬほうがいい。

ぼくはこのできごとを担任《たんにん》の先生《せんせい》に書《か》いて出《だ》そうと思《おも》ったけど、きっとクロス先生《せんせい》は信《しん》じないだろうな。

今日《きょう》は、うちのリビングで、夏《なつ》のコンサート・ツアーのリハーサルをやっている。ぼくは、そのツアーの間《あいだ》、おばあちゃんのマッディと過《す》ごすことになっている。

エリーはデビッド・チャンスをちょっぴり好《す》きになったみたいで、デビッドの脚《あし》にもたれかかって、演奏《えんそう》するところをじっと見守《みまも》っている。

デビッドもかがんで、エリーの耳《みみ》の後《うし》ろをかいてやったりするから、母《かあ》さんが顔《かお》をしかめる。デビッドにもそれがわかっているのか、ぼくにウインクしてくる。そして、母《かあ》さんにとびきりの笑顔《えがお》を見《み》せると、もうしかめっ面《つら》なんてできないくらいすばらしい演奏《えんそう》をした。

みんなは演奏《えんそう》してはとちゅうでやめ、それぞれの音色《ねいろ》について話《はな》し合《あ》っては、また弾《ひ》きはじめる。なんどもくりかえし演奏《えんそう》する。エリーはデビッドの足元《あしもと》で、ためいきをついて寝《ね》そべった。

それからごろんと寝転《ねころ》がった。しばらくして、演奏《えんそう》が〈だんだん強《つよ》く〉というクレッシェンドの記号《きごう》にさしかかったとき、エリーが〈おなら〉をしそうになった。母《かあ》さんが気《き》づいて、みんなは楽譜《がくふ》や楽譜《がくふ》スタンドをベランダに脱出《だっしゅつ》させて演奏《えんそう》を続《つづ》けた。

部屋《へや》にモーツァルトのメロディと、お日《ひ》さまの光《ひかり》がみちあふれていた。

*

夏《なつ》の夕《ゆう》ぐれ、お月《つき》さまがキッチンから見《み》える草原《そうげん》の上《うえ》にかかっていた。

母《かあ》さんは電話中《でんわちゅう》だ。

「ええ、荷造《にづく》りはすんでるわ、お母《かあ》さん。明日《あした》、あの子《こ》を連《つ》れていきます。時間《じかん》がないから、寄《よ》っている暇《ひま》はないの」

しーん……。

「ロバート、いる？　電話《でんわ》に出《で》て。マッディが、聞《き》きたいことが、あるんですって」

ぼくが廊下《ろうか》の電話《でんわ》を取《と》るのを、母《かあ》さんが見《み》ている。母《かあ》さんのほうは受話器《じゅわき》をもどさないから、息《いき》づかいも聞《き》こえた。

「ロビーなの？　エリーも連《つ》れてくる？」

マッディが聞《き》く。

「うん。かまわない？」

廊下《ろうか》から母《かあ》さんのほうを見《み》ると、まだ電話《でんわ》を聞《き》いている。母《かあ》さんはこっちを見《み》つめたまま、電話《でんわ》は切《き》らない。

「あの子《こ》は、ほかの動物《どうぶつ》たちと仲良《なかよ》くなれるかしら？」

「だいじょうぶ。犬《いぬ》も猫《ねこ》も、それにこのあたりにくるウサギも好《す》きだよ。リスはダメだけど」ぼくはいいそえた。「追《お》いかけちゃうんだ」

「いっしょにやってみましょう」

マッディはいった。

やってみるって？

まだ、母《かあ》さんは電話《でんわ》を聞《き》いている。

「あとでかけるよ」

いいながら、ふいにぼくは腹《はら》が立《た》った。

受話器《じゅわき》をもどして、キッチンに入《はい》っていった。母《かあ》さんはまだ受話器《じゅわき》を持《も》ったままだ。ぼくは、母《かあ》さんの手《て》から受話器《じゅわき》を取《と》ると、電話《でんわ》にもどした。

「切《き》るのを、わすれてるよ」

母《かあ》さんはまゆをひそめたけど、ぼくは慣《な》れっこだ。

父《とう》さんが、別《べつ》の部屋《へや》から母《かあ》さんをよんだ。

「ジュディス？　弓《ゆみ》のケースは持《も》っていくかい？」

母《かあ》さんは何《なに》もいわないで、くるりと向《む》きをかえると行《い》ってしまった。

ぼくは受話器《じゅわき》を取《と》り上《あ》げて、マッディの番号《ばんごう》にかけた。

「もしもし？」

「ロビーだよ」

「わたしが聞《き》いたのは、エリーは野生《やせい》の動物《どうぶつ》たちといっしょにやっていけるかって、ことよ？」

マッディがいう。

「だいじょうぶ」

この電話《でんわ》を、家《いえ》のどこかで母《かあ》さんが聞《き》いていたらいいのに。ぼくの声《こえ》が、キッチンの中《なか》でひびく。ぼくはしっかりした声《こえ》でいった。

「だいじょうぶだよ」

第《だい》3章《しょう》　マッディ

マッディの家《いえ》は、森《もり》のそばの丘《おか》にある。

父《とう》さんが車《くるま》で半時間《はんじかん》ほどの道《みち》のりを運転《うんてん》し、母《かあ》さんはぼくにマッディを〈見張《みは》る〉ように、しつこいほどいい聞《き》かせていた。

「もし、あの人《ひと》が何《なに》かおかしなことをしたら、ヘンリーに電話《でんわ》をするのよ」

母《かあ》さんがいう。

マッディは、いつだっておかしなことをしている。なのに、両親《りょうしん》は、ぼくを残《のこ》して、二《に》か月《げつ》もの間《あいだ》、演奏旅行《えんそうりょこう》に行《い》ってしまう。もし、ほんとうに心配《しんぱい》だったら、ぼくを置《お》いていかないだろうな。

でも置《お》いていくんでしょ？

ぼくは、声《こえ》に出《だ》してはいわない。

ヘンリーは、マッディの家《いえ》から四軒道《よんけんみち》をくだったところに住《す》んでいる開業医《かいぎょうい》だ。マッディとヘンリーは仲《なか》がいい。両親《りょうしん》が知《し》っているよりずっと仲良《なかよ》しだ。マッディとヘンリーは、少《すく》ないときでも、週《しゅう》に三回《さんかい》は夕食《ゆうしょく》を一緒《いっしょ》に食《た》べている。たいていは、ヘンリーが料理《りょうり》する。それを母《かあ》さんにいうと、ヘンリーもおかしいと思《おも》われるだろう。

ぼくは、両親《りょうしん》には話《はな》さないと決《き》めた。

マッディの家《いえ》は、小《ちい》さいころ大好《だいす》きだった本《ほん》の一冊《いっさつ》『ちいさなくま』に出《で》てくるような家《いえ》だ。しっくい壁《かべ》の田舎家《いなかや》で、いろんな色《いろ》を編《あ》み込《こ》んだ大《おお》きな敷物《しきもの》がしいてあり、本《ほん》がいっぱい入《はい》った本棚《ほんだな》に、暖炉《だんろ》、それからふかふかのいす。大《おお》きなコンロもあって、マッディはときどき、料理《りょうり》のおなべをかけていたことをわすれる。一度《いちど》なんて、夕食《ゆうしょく》はドーナツになった。

ぼくは、そういうことを両親《りょうしん》には絶対《ぜったい》に話《はな》さない。父《とう》さんと母《かあ》さんは、菜《な》っ葉《ぱ》やパスタとか豆類《まめるい》を使《つか》ってよく料理《りょうり》する。そこにコリアンダーとかジンジャーとか、クローブとかって、いくつもスパイスを入《い》れるんだけど、ぼくがあんまりおいしいとは思《おも》わないことも話《はな》さない。

両親《りょうしん》に話《はな》さないことは、いっぱいある。声《こえ》に出《だ》していわないことも、いっぱいある。そんなのが、頭《あたま》の中《なか》をぐるぐるといっぱいまわっている。

ぼくらは、マッディの家《いえ》の前《まえ》の道《みち》に着《つ》いた。

車《くるま》が止《と》まった。

母《かあ》さんがおだやかにいう。

「着《つ》いたわよ」

エリーが一番《いちばん》に車《くるま》から飛《と》び出《だ》し、マッディの玄関《げんかん》めがけてかけていく。エリーは、ドーナツのことを覚《おぼ》えているんだ。

マッディがむかえに出《で》てくる。背《せ》が高《たか》くやせていて、髪《かみ》は真《ま》っ白《しろ》で、短《みじか》いツンツン・ヘアーだ。ジーンズにブーツをはいている。父《とう》さんたちは車《くるま》からおりない。父《とう》さんが、ぼくのほっぺたにキスしようと、窓《まど》から顔《かお》をのぞかせた。だけど、ハグはしない。

マッディは、ぼくをハグしてくれた。ぼくは、母《かあ》さんと父《とう》さんに、手《て》を振《ふ》る。後部座席《こうぶざせき》の大《おお》きなスーツケース二《ふた》つにも、〈さようなら〉って。スーツケースには、モーツァルトの曲《きょく》の楽譜《がくふ》が入《はい》ってる。

別《べつ》のスーツケースにはベートーベンやシューベルトの楽譜《がくふ》や、ぼくが「わけわかんない音楽《おんがく》」ってよんでいる、現代音楽《げんだいおんがく》の楽譜《がくふ》が入《はい》っている。

「電話《でんわ》するよ」

父《とう》さんがいう。

「ご心配《しんぱい》なく。楽《たの》しくやるわ！」

マッディが返事《へんじ》した。

「じゃあね、ロバート」

と母《かあ》さん。

母《かあ》さんは声《こえ》をかけながら、こちらをふり返《かえ》ることはなかった。母《かあ》さんの気持《きも》ちが、もう最初《さいしょ》のコンサートに向《む》いてるのは、わかってる。

そして、その次《つぎ》のコンサートに。

それから、その後《あと》もずっとコンサートは続《つづ》いていく。

「母《かあ》さん、行《い》っちゃったよ」

ぼくは大《おお》きな声《こえ》でいう。

「そうね」

マッディがいった。母《かあ》さんが、ただ車《くるま》に乗《の》って、行《い》ってしまったという意《い》味《み》で、いったんじゃないってことが、ちゃんとわかっているみたいに。

「あの子《こ》は、行《い》ってしまったわ」

マッディがくりかえした。

初夏《しょか》でも石造《いしづく》りの暖炉《だんろ》には、小《ちい》さな火《ひ》が燃《も》えている。マッディは火《ひ》が好《す》きだ。エリーも同《おな》じ。エリーはじりじりと近寄《ちかよ》り、青《あお》っぽい暖炉《だんろ》の敷石《しきいし》のそばに寝《ね》そべる。

「どの部屋《へや》を使《つか》う、ロビー？」

一階《いっかい》には寝室《しんしつ》が三《みっ》つと二階《にかい》にはロフトがあるんだ。エリーが来《く》るまでは、ぼくは二階《にかい》のロフトを使《つか》っていた。でも、エリーははしごを登《のぼ》れないし、抱《だ》きかかえるには大《おお》きすぎる。

「あそこがいい」

ぼくは、丘《おか》が見《み》える小《ちい》さな部屋《へや》を指《ゆび》さした。窓《まど》から、丘《おか》の上《うえ》の森《もり》が見渡《みわた》せる。その部屋《へや》には、パッチワークのキルティングがしてあるかけぶとんがかかった、背《せ》の高《たか》いベッドがある。

「ここにあがれる、エリー？」

ぼくはベッドをポンポンとたたいていった。

いともたやすく、さっとエリーはベッドに飛《と》び上《あ》がると、ベッドの上《うえ》で二回《にかい》まわって寝《ね》そべった。ベッドから窓《まど》の外《そと》に目《め》を向《む》けて、何《なに》か見《み》つけたのか、エリーの耳《みみ》がぴんと立《た》った。

ぼくものぞいた。リスだ！

マッディが、エリーのことをまじまじと見《み》つめている。何《なに》かを考《かんが》えているんだ。

「エリーはすごくいい犬《いぬ》だよ、マッディ」

マッディがほほえむ。

「わかってる。だけど、この子《こ》は猟犬《りょうけん》なの。猟犬《りょうけん》は狩猟《かり》をするものなのよ」

ぼくはマッディにいう。

「エリーはよく訓練《くんれん》されてる。それに、エリーはミックス犬《けん》だよ。ミックスされているのは、特別《とくべつ》なもので、きっと森《もり》の中《なか》に入《はい》ったらわかると思《おも》う」

そこまで、ぼくはいって、深呼吸《しんこきゅう》した。

「野生《やせい》の動物《どうぶつ》たちといっしょになったらね」

「それで、いったい何《なに》がミックスされているの？」

マッディが聞《き》く。

「犬《いぬ》のぬいぐるみ」

ぼくはまじめくさった顔《かお》で答《こた》える。

マッディはぷっと吹《ふ》き出《だ》すと、しばらく笑《わら》いが止《と》まらなかった。

「わかったわ、ロビー。あなたを信《しん》じる、エリーを信《しん》じるわ！」

マッディが、ぽんとエリーに軽《かる》くふれた。エリーがごろんとお腹《なか》を見《み》せてひっくり返《かえ》ったので、マッディはお腹《なか》をなでてやる。

「畑《はたけ》のレタスをとってくるわ」

そういいながら、マッディがキッチンに歩《ある》いていく。

「いっしょにレタスをとりにいかない？　今夜《こんや》はヘンリーも夕食《ゆうしょく》にくるわよ」

「ヘンリーが料理《りょうり》するの？」

ぼくはマッディに聞《き》いた。

「どう思《おも》う？」

マッディが聞《き》き返《かえ》す。

マッディが庭《にわ》に行《い》ってしまってから、エリーを見《み》つめて、ささやいた。

「犬《いぬ》のぬいぐるみだよ、いいね。ぼくの作《つく》り話《ばなし》だけどさ」

ぼくは、もう一言《ひとこと》いいそえた。

「マッディは、おまえを信頼《しんらい》してるって！」

エリーは黒《くろ》い目《め》で、ぼくをじっと見《み》つめて、首《くび》をかしげた。

「マッディは、おまえを信《しん》じてるよ」

ぼくはくりかえす。この小《ちい》さな部屋《へや》の中《なか》でいうと、かなり本気《ほんき》でいっているみたいに聞《き》こえる。わざと強《つよ》がっているみたいにも。

窓《まど》から外《そと》をのぞくと、マッディが柵《さく》で囲《かこ》った畑《はたけ》で、レタスをつんでいる。

ぼくは何《なに》をびくついてるんだ？

エリーが森《もり》の野生動物《やせいどうぶつ》たちに、悪《わる》さをしないか心配《しんぱい》しているから？

それとも、ほんとうに、森《もり》にマッディの野生《やせい》の友《とも》だちがいるのかどうか、心配《しんぱい》しているのか？

ため息《いき》がもれる。

「家《いえ》で父《とう》さんや母《かあ》さんと過《す》ごすほうが、ましだったかな。少《すく》なくとも、どんなことが起《お》きるかは予想《よそう》がつくからね」

エリーはじっとぼくを見《み》つめた。大《おお》きくて落《お》ち着《つ》いた明《あか》るい目《め》で。

第《だい》4章《しょう》　小《ちい》さなほんとう

ヘンリーが、両手《りょうて》で鉄製《てっせい》のおなべの黒《くろ》い取《と》っ手《て》をつかんだまま、玄関《げんかん》を入《はい》ってくる。上着《うわぎ》のポケットには聴診器《ちょうしんき》が入《はい》っている。ヘンリーは背《せ》が高《たか》くて、髪《かみ》の毛《け》は白髪《しらが》まじりだ。

「やあ、ぼうず」

そういうと、ヘンリーはおなべをコンロの上《うえ》において、ガスを点火《てんか》した。

ヘンリーから〈ぼうず〉って、よばれるのは気《き》に入《い》ってる。

「こんにちは、ヘンリー。それ、作《つく》ったの？」

ヘンリーはぼくの顔《かお》をじっと見《み》る。

「ぼくが、マッディに料理《りょうり》させるなんて、まさか思《おも》ってないだろう？」

ぼくはにやりとする。

「ドーナツを温《あたた》めるのは、上手《じょうず》だよ」

ヘンリーは笑《わら》う。

ぼくは、コンロの上《うえ》のおなべをのぞきこむ。

「この中《なか》には、コリアンダーとかジンジャーとか、クローブなんかは入《はい》ってるの？」

「いいや」

ヘンリーは、この手《て》の質問《しつもん》には慣《な》れっこみたいに答《こた》えてくれる。それがヘンリーのいいところだ。どんなことをいっても、どんな質問《しつもん》をしても、いつもまじめにきちんと考《かんが》えて返事《へんじ》をしてくれる。

マッディは、ヘンリーはお医者《いしゃ》さんだから、患者《かんじゃ》さんからのまとはずれな質問《しつもん》には慣《な》れっこなんだという。

「マッディはどこだい？」

「シャワーだよ」

ヘンリーはポケットから聴診器《ちょうしんき》を取《と》りだすと、キッチンテーブルのいすにすわった。エリーの頭《あたま》をなでる。

「やあ、エレノア」

ヘンリーは、エリーのことをいつもエレノアとよぶ。

ヘンリーがやさしい目《め》でぼくを見《み》つめる。

「うん、どうしたんだい？」

ヘンリーはわかってくれている。だれかが、何《なに》か聞《き》きたがっていることがあると、いつだってそのタイミングがわかるんだ。

「ぼくの両親《りょうしん》が、ヘンリーに電話《でんわ》したんだね」

ヘンリーはうなずく。

「ふたりが話《はな》してるのを聞《き》いたんだ」

ヘンリーはもう一度《いちど》うなずく。そして、ため息《いき》。

「ぼうず、きみの両親《りょうしん》は……正確《せいかく》には、お母《かあ》さんがだが、物《もの》ごとはこうあるべきだと考《かんが》えてるんだ。彼女《かのじょ》なりの考《かんが》え方《かた》でね」

母《かあ》さんはすごく動揺《どうよう》してるんだ。第二《だいに》バイオリニストが亡《な》くなったので、コンサートは中止《ちゅうし》することになった。ぼさぼさ頭《あたま》のメアリーベスの出産《しゅっさん》で、新《あた》しいチェロ奏者《そうしゃ》もいる。それから、マッディのこと。

今度《こんど》は、ぼくがうなずいた。ヘンリーのほうに向《む》きなおる。

「ふたりは、マッディと野生動物《やせいどうぶつ》の夢《ゆめ》みたいなお話《はなし》を心配《しんぱい》してるんだよね。おかしなことだって」

ぼくも心配《しんぱい》なんだって、いいたかった。でも、このこともやっぱり、口《くち》には出《だ》さない。

「ぼうず、わたしたちはみんなほんとうをかかえているんだ。ものすごく大《おお》きなほんとうもある。たいていは、小《ちい》さなほんとうかな。だから、マッディが話《はな》すことは、マッディのほんとうなのさ。きみの両親《りょうしん》のほんとうとはちがっているかもしれないけどね」

「ヘンリーにも、じぶんだけのほんとうがあるの？」

「あるよ。わたしはね、心《こころ》の中《なか》では、大《おお》きな帆船《はんせん》の船乗《ふなの》りなんだ。二匹《にひき》の犬《いぬ》といっしょに世界中《せかいじゅう》を航海《こうかい》して、いろんな人々《ひとびと》に会《あ》う。風《かぜ》に髪《かみ》をなびかせたりしてね。太陽《たいよう》も好《す》きだし、夜《よる》の星《ほし》も好《す》きだ」

ぼくはちょっとのあいだ、ヘンリーをじっと見《み》つめていた。どうしてだろう？　わからない。たぶん、ヘンリーが、こんな個人的《こじんてき》なことをぼくに話《はな》してくれたからかな。泣《な》きたくなった。実際《じっさい》は泣《な》いてはないけど。ぼくもとっても個人的《こじんてき》な、ばかげた質問《しつもん》をヘンリーにしてしまう。

「どんな種類《しゅるい》の犬《いぬ》なの？」

ぼくの声《こえ》は少《すこ》しふるえている。

ヘンリーは笑《わら》わない。

「泳《およ》ぐのが得意《とくい》で、漁《りょう》を手伝《てつだ》ったりする種類《しゅるい》の犬《いぬ》だよ」

ヘンリーはそう答《こた》えると、ポケットから財布《さいふ》をとりだして、写真《しゃしん》を見《み》せてくれた。

「こんな犬《いぬ》さ」

写真《しゃしん》には、黒《くろ》い巻《ま》き毛《げ》の犬《いぬ》たちが写《うつ》っている。

もう少《すこ》し、聞《き》きたい。

「名前《なまえ》は、なんていうの？」

「ルークとリリィ」

ヘンリーはすばやく答《こた》える。予想《よそう》どおりの質問《しつもん》だねと。

ぼくは深《ふか》くすわりなおした。

ヘンリーがちょっとほほえんで、ぼくを見《み》つめる。

「ぼうず、きみにも小《ちい》さなほんとうっていうのは、ないのかい？」

首《くび》をふる。

「ぼくは若《わか》すぎるもの」

「おや、残念《ざんねん》。じゃあ、ここにいる間《あいだ》に探《さが》せばいい。この夏《なつ》の終《お》わりには、自分《じぶん》だけの小《ちい》さなほんとうを見《み》つけられる」

ヘンリーが手《て》をのばして、ぼくの手《て》にぽんとふれた。ただふれただけなのに、でも気持《きも》ちが楽《らく》になった。

「小《ちい》さなほんとうを探《さが》しているあいだは、わたしたちはマッディの心配《しんぱい》をしなくていい、だろう」

ヘンリーの声《こえ》はやさしい。

「うん」

ぼくは小《ちい》さな声《こえ》で返事《へんじ》した。

「わたしたちは、どちらも今《いま》のままのマッディが好《す》きだと思《おも》うけど」

ヘンリーはいう。

「そうだね」

「ぼうず、なかなかいい心《こころ》を持《も》ってるな。音《おと》を聞《き》いてみるかい?」

ヘンリーは聴診器《ちょうしんき》を取《と》りあげて、イヤ・ピースをぼくの耳《みみ》に入《い》れてくれる。

聴診器《ちょうしんき》の先端《せんたん》の丸《まる》い部分《ぶぶん》をぼくの胸《むね》にあてる。部屋《へや》の中《なか》は、しーんとしている。エリーも、じっとしている。ぼくの耳《みみ》に、からだの中《なか》の規則正《きそくただ》しいドクン、ドクン、ドクンという音《おと》が聞《き》こえてきた。

目《め》のすみっこに、涙《なみだ》がにじんできた。ヘンリーは気《き》がついていたと思《おも》うけど、何《なに》もいわない。

ぼくの手《て》を聴診器《ちょうしんき》にそえてくれたので、ぼくは自分《じぶん》で丸《まる》い部分《ぶぶん》をささえる。ヘンリーが立《た》ち上《あ》がり、コンロのなべをかき混《ま》ぜる。

ぼくはすわって、自分《じぶん》の心臓《しんぞう》の音《おと》に聞《き》き入《い》る。

耳《みみ》をすませて、小《ちい》さなほんとうに聞《き》き入《い》る。

ぼくのこころの中《なか》の声《こえ》に、耳《みみ》を傾《かたむ》ける。

エリーとぼくはベッドに行《い》く。

ヘンリーのシチューは、母《かあ》さんのと比《くら》べるとふつうだった。

マッディのサラダも、とってもふつうだった。

ヘンリーとマッディの、おだやかなやりとりが、キッチンから聞《き》こえてくる。ふたりが話《はな》している内容《ないよう》はわからなくても、話《はな》し声《ごえ》が聞《き》こえてくるのがうれしい。

エリーが暗《くら》やみの中《なか》で寝返《ねがえ》りをうつ。

ぼくはあくびをする。

ふいに、なにかがたりない気《き》がした。

なんだろう？

静《しず》けさの中《なか》に、耳《みみ》をすませる。

家《いえ》にいるとき、ほかの部屋《へや》からだれかの話《はな》し声《ごえ》を聞《き》いたことがない。ここでは、話《はな》し声《ごえ》が聞《き》こえてくる。聞《き》こえないのは音楽《おんがく》の響《ひび》きだ。遠《とお》くから聞《き》こえる母《かあ》さんの甘《あま》く切《せつ》ないバイオリンの音色《ねいろ》や、父《とう》さんが弾《ひ》くしっかりしたピアノの音《おと》。曲《きょく》を作《つく》るのに何度《なんど》も何度《なんど》も同《おな》じメロディが演奏《えんそう》され、楽譜《がくふ》に書《か》きとめるあいだだけおとずれるふいの静《しず》けさ。そういったものが聞《き》こえない。

夜《よる》になると聞《き》こえてくる、そんな音楽《おんがく》のすべて。

目《め》を閉《と》じる。

父《とう》さんと母《かあ》さんのことを、どんな形《かたち》でも恋《こい》しいと思《おも》えるのは、ちょっといい。

びっくりして、ぼくはぱっと目《め》を開《あ》けた。

これが小《ちい》さなほんとうなのかな。

小《ちい》さなほんとう、ぼくの……。

第《だい》5章《しょう》　アルファ

目《め》が覚《さ》めたら、部屋《へや》には朝《あさ》の光《ひかり》があふれていた。キッチンに入《はい》っていく。マッディはテーブルの上《うえ》に、オレンジジュースのピッチャーとガラスのコップを置《お》いてくれていた。オレンジジュースをコップに注《そそ》いで、勝手口《かってぐち》まで行《い》き、外《そと》を見《み》た。キッチンのドアは開《あ》いていて、

マッディが畑《はたけ》の木《き》のベンチに腰《こし》をおろしているのが見《み》える。足元《あしもと》には、エリーがすわっている。

ジュースを飲《の》むのをやめて、コップをカウンターに置《お》く。もう一度《いちど》よく見《み》る。エリーは、マッディを見《み》つめながらすわっている。

エリーが、リスたちに囲《かこ》まれている!

「いい子《こ》ね、エリー」

マッディがおだやかにいう。

ぼくが家《いえ》から出《で》ると、その音《おと》をマッディが聞《き》きつけた。ちょっと待《ま》ってというふうに、片方《かたほう》の手《て》をあげて、マッディはぼくを止《と》める。

「エリー、ふせ」

マッディがやさしい声《こえ》でいう。

エリーは地面《じめん》にふせて、前脚《まえあし》の上《うえ》に頭《あたま》をのせる。エリーの周《まわ》りを、リスたちがはねまわって、トウモロコシを食《た》べている。マッディがまいたんだ。一《いっ》匹《ぴき》のリスが、エリーのからだにちょっとさわったけど、エリーは動《うご》かない。

マッディはエリーのほうにかがんで、ごほうびのおやつをあげている。

マッディには〈神《かみ》さまからの贈《おく》りもの〉があるといった、リジーの言葉《ことば》を考《かん》える。

目《め》をあげると、ヘンリーが石《いし》の歩道《ほどう》の端《はし》に静《しず》かにたたずんでいるのに、気《き》がついた。

ぼくらは見《み》つめ合《あ》った。

ヘンリーが、笑顔《えがお》でうなずく。

ぼくも、笑顔《えがお》でうなずいた。

「ねえ、マッディ、どうやったの？　リスは、全然《ぜんぜん》好《す》きじゃないのに」

ぼくは、キッチンからマッディに質問《しつもん》する。

「そうね、ごほうび目《め》あてかしら。エリーは、ヘンリーのシチューも好《す》きなのよ。リスを嫌《きら》いな気持《きも》ちより、ごほうびをもらえるほうがいいみたいね」

エリーは何《なに》か特別《とくべつ》なことをやったみたいに、得意《とくい》げにどうどうと歩《ある》き回《まわ》っている。

たしかにすごいことをやったんだ、エリーは。

「でも、ぼくだってごほうびをあげてるけど、それでもリスを追《お》いかけるんだよ。リスだけ」

ぼくはいってみた。

「それじゃあ、わたしはアルファなのね」

マッディがいう。

「わたしも同意見《どういけん》だ」

とヘンリー。

「アルファって、どういうこと？」

ぼくは聞《き》いた。

「リーダーのことだよ」

ヘンリーが教《おし》えてくれた。

「アルファには〈自信《じしん》〉という意味《いみ》もあるの」

マッディがいう。

「エリーに、リスを追《お》いかけないように教《おし》える自信《じしん》があるわ。わたしがリーダー。だからこそ、ほかのことも教《おし》えられるの」

マッディがいきおいよくいった。

ヘンリーが、へぇーっとまゆをあげる。

「たしかに、そのとおりだ。マッディは自信満々《じしんまんまん》だな」

「それに、エリーは人《ひと》を喜《よろこ》ばせるのも好《す》きよ」

マッディがいう。

「ぼくも、マッディみたいになれる？」

「さあね」

「なれるさ！」

ヘンリーがマッディと同時《どうじ》にいった。マッディはびっくりしたようだ。

「ぼうずのことを、ぼくのほうが、きみよりもよく知《し》っているかもしれないよ、ある意味《いみ》ね」

ヘンリーがマッディにいう。

「ほんとうなの？」

マッディはヘンリーを見《み》つめ、それからぼくを見《み》つめる。

「ふたりには、秘密《ひみつ》があるの？」

「いいや、ほんとうだけさ」

「ほんとうって？」

マッディが聞《き》いた。

ぼくはうなずく。

「うん、小《ちい》さなほんとうがあるんだ」

ぼくが説明《せつめい》する。

マッディが、ちょっと両肩《りょうかた》をすくめる。

「いいわ、それじゃあ、ひとつやってみましょう」

マッディがいう。

「どういうこと？」

ぼくは聞《き》いた。

マッディが、秘密《ひみつ》めかしていう。

「そのうち、わかるわ。さて、今夜《こんや》はだれが料理《りょうり》をするの？」

「食料貯蔵庫《しょくりょうちょぞうこ》には、何《なに》があるんだい、マッディ？」

「コーンフレークよ」

「あーあ、やっぱり。今朝《けさ》、スパゲッティ・ソースを作《つく》ったんだ。それを持《も》って来《こ》よう」

そういって、ヘンリーはドアから出《で》ていく。

「もしかして、ミートボールも作《つく》った？」

マッディが、追《お》いかけるように声《こえ》をかける。

「はい、はい、もちろん！」

ヘンリーが答《こた》えた。

「ねえ、マッディ？」

「どうしたの、ロビー？」

「冷蔵庫《れいぞうこ》にチキンがあるよ」

「わかってる。わたし、ヘンリーのスパゲッティとミートボールが大好《だいす》きなのよ」

マッディは笑《わら》いながら、食器棚《しょっきだな》から大《おお》きな青《あお》いお皿《さら》を出《だ》して、テーブルの上《うえ》に並《なら》べはじめた。ぼくにはナイフやフォークを手渡《てわた》す。

「チキンは、明日《あした》、ヘンリーが焼《や》いてくれるわ」

マッディがぼくにささやく。

ぼくらはテーブルをはさんで見《み》つめ合《あ》って、吹《ふ》き出《だ》す。エリーもうなり声《ごえ》をあげると、ぴょんぴょんと踊《おど》るように飛《と》び上《あ》がり、ぼくらはそれを見《み》て、さらに笑《わら》う。

マッディが、エリーにお座《すわ》りをさせたあと、ごほうびをあげるのを見《み》る。

マッディが合図《あいず》をすると、エリーがふせをするのも。

エリーは、喜《よろこ》んでマッディの命令《めいれい》にしたがっている。

あの子《こ》は、それが楽《たの》しいんだ。

マッディがにっこりする。でも、ぼくが何《なに》を考《かんが》えているかは、わかっていない。

ぼくは、マッディに話《はな》す。

「ぼくも、アルファになるよ」

ぼくは青《あお》いナプキンを三枚《まい》、青《あお》いお皿《さら》のそばにそえる。

ぼくは、マッディを見《み》つめる。

「ぼく、なるよ」

第《だい》6章《しょう》　エリーと散歩《さんぽ》

「今日《きょう》は庭《にわ》の草《くさ》むしりをするわ。あなたの予定《よてい》は、ロビー?」

「トレーニング。エリーに散歩《さんぽ》をさせるよ」

「わかったわ。トレーニングはエリー、それとも自分《じぶん》の?」

「両方《りょうほう》だよ」

マッディはうなずく。

玄関《げんかん》のフックにかかっている大《おお》きな麦《むぎ》わら帽子《ぼうし》をとると、かぶった。

「マザーグースみたいでしょ?」

ぼくは首《くび》をふる。

「やせすぎかな。今日《きょう》は、エリーをリードなしでトレーニングするんだ」

「名案《めいあん》だわ。エリーに責任《せきにん》を持《も》たせるということね。どこまで行《い》くの?」

「ヘンリーの家《いえ》までだよ」

「今夜《こんや》は、チキンを焼《や》くのをわすれないでねって、伝《つた》えて」

そういうと、マッディは戸口《とぐち》から出《で》ていく。

「了解《りょうかい》」

ぼくがリードを持《も》つと、エリーは散歩《さんぽ》だとわかったみたいだ。つないでもらおうと、ぼくの顔《かお》を見《み》る。

「ううん、今日《きょう》はリードなしだよ、エリー」

ぼくは玄関《げんかん》を出《で》る。振《ふ》り返《かえ》ると、エリーがそこに立《た》ったまま、ぼくを見《み》つめている。

「おいで、エリー」

エリーがやってくる。

マッディは、畑《はたけ》からぼくらを見《み》ている。

ぼくが道《みち》をくだると、エリーが並《なら》んで歩《ある》く。ぼくのほうを、ちらちらと見《み》る。そのたびに、ぼくは「いい子《こ》だね」とエリーに声《こえ》をかける。

ぼくらは三軒《さんげん》の家《いえ》の前《まえ》を通《とお》り過《す》ぎる。牛《うし》がいるところの柵《さく》の前《まえ》を通《とお》り過《す》ぎる。エリーは鼻《はな》を高《たか》くあげて、空気中《くうきちゅう》の牛《うし》のにおいをかいだ。

「いい子《こ》だ」

ぼくはエリーにいう。ヘンリーの家《いえ》の前《まえ》の道《みち》の端《はし》には、〈ヘンリー・ベル医師《いし》〉と書《か》かれた小《ちい》さな白《しろ》い表札《ひょうさつ》がかかっている。エリーとぼくは、歩《ある》き続《つづ》け、ヘンリーの家《いえ》に着《つ》く。青《あお》いドアだ。

「ここが、ヘンリーの家《いえ》だよ」

こんなことというなんて、おかしな感《かん》じだと思《おも》いながら「ヘンリーの家《いえ》が、わかるよね」と、ぼくはくりかえす。

ふいに青《あお》いドアが開《ひら》いて、そこにヘンリーがいた。

これは魔法《まほう》で、エリーは、ぼくがヘンリーの名前《なまえ》をよぶと、ヘンリーが出《で》てくると思《おも》うんじゃないかな。

「やあ、ぼうず。やあ、エレノア。入《はい》って」

エリーはしっぽをうれしそうに振《ふ》る。でも、ぼくの顔色《かおいろ》をうかがっている。

「入《はい》っていいよ」

ぼくはいう。エリーがヘンリーのほうへ走《はし》っていく。

ぼくらは太陽《たいよう》の下《した》から、ひんやりとしたヘンリーの家《いえ》に入《はい》った。たくさんの本《ほん》と海《うみ》に浮《う》かぶ船《ふね》の絵《え》が何枚《なんまい》かあった。奥《おく》の窓《まど》まで行《い》って、外《そと》を見《み》る。大《おお》きな池《いけ》がある。

池《いけ》の縁《ふち》に、赤《あか》いボートが浮《う》かんでいる。

「ヘンリーの船《ふね》?」

ぼくはヘンリーに向《む》かっていう。

「カヌーだ」

「今日《きょう》は、エリーとトレーニングしてるんだ。ぼくもアルファになれるように」

ぼくはヘンリーに話《はな》す。

「もう、なってるじゃないか、ぼうず」

「どういうこと?」

「ある面《めん》では、きみはお父《とう》さんやお母《かあ》さんよりも、ずっとアルファだということだよ。考《かんが》えてごらん」

考《かんが》えてはみたけど、とっさに何《なに》もいえない。そのとき、思《おも》いだした。

「マッディが今夜《こんや》はチキンを焼《や》いてほしいって。伝言頼《でんごんたの》まれたんだった」

ヘンリーがにやりとする。

「昨日《きのう》、そのチキンを見《み》たよ」

ぼくもヘンリーに、にやっと笑《わら》いかえす。

「ヘンリーも、アルファみたいなもんだね」

エリーとぼくは、リードなしでまた家《いえ》まで帰《かえ》る。エリーは、ぼくに寄《よ》り添《そ》うように歩《ある》く。エリーは犬《いぬ》を追《お》いかけない。猫《ねこ》を見《み》てもほえないし、追《お》いかけもしない。さっきそばを通《とお》った牛《うし》のにおいをふんふんとかぐ。

かがんで、エリーのおでこにキスする。

ぼくは、世界最高《せかいさいこう》のアルファかもしれない。

ちがう、エリーがいい犬《いぬ》なんだ。

そういうことだ。


まだ明《あか》るいうちに、ぼくらはヘンリーのローストチキンを食《た》べた。

「それで、トレーニングはうまくいったの？」

マッディがたずねた。

「すごくうまくいったよ」

ほんの少《すこ》し、ぼくは考《かんが》える。

「ほんとうはね、エリーがうまくやったんだ」

マッディはうなずく。

「だれかが、この子《こ》がまだ小《ちい》さいときに、うまく教《おし》えたのね。だからといって、ロビーのトレーニングが、よくないっていうわけじゃないのよ」

マッディはテレビを持《も》っていないけど、小《ちい》さなラジオを持《も》っている。音楽《おんがく》がやさしく流《なが》れてくる。

ぼくは、はっと顔《かお》をあげた。

「シューベルトだ」

ぼくはいった。

マッディとヘンリーは黙《だま》っている。

「この曲《きょく》、知《し》っている。『死《し》と乙女《おとめ》』だ」

甘《あま》く、かなしいバイオリンの音色《ねいろ》が聞《き》こえてくる。フォークを置《お》いて立《た》ち上《あ》がり、ぼくはラジオのそばに行《い》く。バイオリンの演奏《えんそう》。聞《き》き覚《おぼ》えのあるバイオリン。ぼくが家《いえ》で朝《あさ》から晩《ばん》までずっと聞《き》いていたバイオリンの音色《ねいろ》だ。

「母《かあ》さんだ」

ぼくはそっという。

「母《かあ》さんは、この曲《きょく》を一生懸命《いっしょうけんめい》、練習《れんしゅう》していた」

エリーがやってきて、ぼくに寄《よ》り添《そ》う。エリーも覚《おぼ》えているのかな。

ぼくはバイオリンのソロとカルテットの演奏《えんそう》が終《お》わるまで、そこに立《た》っていた。ラジオから大《おお》きな拍手《はくしゅ》が聞《き》こえる。

アナウンサーのやわらかい声《こえ》が聞《き》こえてきたが、拍手《はくしゅ》の音《おと》はずっと鳴《な》り響《ひび》いている。

「ロンドンから、アレグロ・カルテットによるシューベルト、弦楽四重奏曲《げんがくしじゅうそうきょく》第《だい》14番《ばん》ニ短調《たんちょう》『死《し》と乙女《おとめ》』の演奏《えんそう》でした。第一《だいいち》バイオリン、ジュディス・サンダース。第二《だいに》バイオリン、デビッド・チャンス。ビオラ、ロバート・サンダース。チェロ、メアリーベス・ディキンソン」

「やっぱり、母《かあ》さんだった」

ぼくはもう一度《いちど》いう。

まだ、だれも何《なに》もいわない。

「母《かあ》さんは、バイオリンを愛《あい》しているんだ」

ぼくはつぶやくようにいう。

「聞《き》いたでしょう」

マッディがテーブルから立《た》ち上《あ》がって、ぼくを両腕《りょううで》で抱《だ》きしめる。

「あの子《こ》は、あなたのことも愛《あい》しているのよ、ロビー。ただ、バイオリンのことほど、あなたのことをわかってないだけなの」

ぼくらは長《なが》い間《あいだ》、そこにつっ立《た》っていた。

しばらくすると、エリーがあったかいからだを、ぐいと押《お》しつけてきた。

第《だい》7章《しょう》　丘《おか》に登《のぼ》り、森《もり》に入《はい》る

毎日《まいにち》、ぼくとエリーは、リードなしで散歩《さんぽ》に行《い》く。道《みち》を登《のぼ》ったりくだったり。これまで通《とお》ったことのない道《みち》を歩《ある》いた。

たまにエリーに話《はな》しかけ、なでてくれる人《ひと》がいる。散歩中《さんぽちゅう》の人《ひと》だったり、庭《にわ》にいたりする人《ひと》たちだ。エリーとほかの散歩中《さんぽちゅう》の犬《いぬ》が、においをかぎあいしっぽをふりあう。エリーは、かまってもらうのが好《す》きみたい。逃《に》げ出《だ》したニワトリに出《で》くわしたときも、もしかしたら、食《た》べたかったかもしれないけど、そんなことしない。ぼくを見《み》つめたまま、指示《しじ》を待《ま》つみたいにじっとしている。

ぼくらは、毎日《まいにち》ヘンリーの家《いえ》に行《い》く。

「ヘンリー」ぼくは毎回《まいかい》いう。「ヘンリーだよ」

エリーは、ぼくをじっと見《み》つめる。まるで、「はい、はい、わかってますよ！」というみたいに。

ヘンリーがいないときには、池《いけ》のほうに歩《ある》いていくときもある。エリーといっしょに赤《あか》いカヌーにすわって、池《いけ》の縁《ふち》に生《は》えている木々《きぎ》のこもれびを、ながめていたこともある。

ぼくの父《とう》さんと母《かあ》さんは、今《いま》フランスで、カルテットのコンサートをやっている。ふたりからの手紙《てがみ》はまだ届《とど》いてないけど、新聞《しんぶん》の音楽欄《おんがくらん》を見《み》れば、父《とう》さんたちがどこで何《なに》をしているかわかる。あるコンサートで、デビッド・チャンスが新《あたら》しい第二《だいに》バイオリニストとして、特《とく》に賞賛《しょうさん》をあびたらしい。デビッドを選《えら》んだのは母《かあ》さんなので、母《かあ》さんも喜《よろこ》んでいるかな。うれしいかもしれない。うれしくないかもしれない。
友《とも》だちのジャックから手紙《てがみ》がきた。

やあ、ロバート、
助《たす》けて！　助《たす》けにきてくれ！　キャンプなんて嫌《きら》いだ。
氷《こおり》みたいに冷《つめ》たい水《みず》の中《なか》で、毎日《まいにち》、朝早《あさはや》くから泳《およ》がされている。
今日《きょう》なんて、氷山《ひょうざん》が見《み》えた気《き》がする。
リジーもキャンプが大嫌《だいきら》いだって。

あいつは昨日《きのう》、馬《うま》から落《お》ちたぞ。

ジャックより

ジャックの手紙《てがみ》を読《よ》んで、げらげら笑《わら》った。ぼくは、マッディといっしょに夏《なつ》を過《す》ごせてよかった。

そして、ある朝《あさ》、ぼくとエリーが散歩《さんぽ》からもどってくると、マッディがバスケットに食料《しょくりょう》をつめていた。水《みず》も入《い》れた。テントの荷造《にづく》りもした。

「何《なに》があったの？」

ぼくはマッディに聞《き》いた。

「さあ、時間《じかん》よ」

マッディがこたえる。

「時間《じかん》って？」

「キャンプに行《い》く時間《じかん》」

エリーが、食《た》べ物《もの》の入《はい》ったバスケットのにおいをかいでいる。

「今夜《こんや》って、いうこと？」

「そう、今夜《こんや》よ」

「どこに？」

「丘《おか》を登《のぼ》って、森《もり》に入《はい》るの」

マッディがいう。

森《もり》に……。

わすれていた感《かん》じを、また思《おも》いだす。マッディの、野生動物《やせいどうぶつ》の友《とも》だちとの夢《ゆめ》みたいなお話《はなし》を考《かんが》えてみる。

「ヘンリーもいっしょなの？」

ぼくはたずねた。

返事《へんじ》はわかっているけど。

「もちろん、来《こ》ない。ヘンリーは、キャンプが好《す》きじゃないの。わたしとロビーよ。あと、エリーもね」

マッディがセーターを手渡《てわた》す。

「夜《よる》は少《すこ》し冷《ひ》えるのよ。準備《じゅんび》はいい？」

ぼくがエリーのほうを見《み》ると、エリーはぼくの知《し》らないことも、ちゃんとわかってますよという感《かん》じで見返《みかえ》す。

「いいよ」

ぼくはいった。

万一《まんいち》にそなえて、ぼくはエリーのリードも持《も》った。

外《そと》では、マッディが太《ふと》いタイヤのついた庭用《にわよう》のワゴンに、折《お》りたたみテントと寝袋《ねぶくろ》、それに食《た》べ物《もの》の入《はい》ったバスケットを積《つ》んでいる。

「交代《こうたい》でワゴンを引《ひ》っぱればいいわ」

とマッディがいう。

電話《でんわ》が鳴《な》った。

「出《で》てくれる、ロビー？」

部屋《へや》に入《はい》って、受話器《じゅわき》を取《と》る。

「もしもし？」

遠《とお》く離《はな》れた場所《ばしょ》からかけているのか、電話《でんわ》の声《こえ》がよく聞《き》こえない。でも、だれからかは、わかった。

「ロバートなの？」

母《かあ》さんの声《こえ》が、ぼくの耳《みみ》に入《はい》ってくる。

「もしもし」

「元気《げんき》にしてる？」

母《かあ》さんが聞《き》く。

「元気《げんき》だよ」

しーん……。

「マッディはどう？」

「元気《げんき》だよ」

また、しーんとする。

「あの……、父《とう》さんもわたしも、すごく忙《いそが》しくしているの」

気弱《きよわ》そうな話《はな》しかた。電話《でんわ》で話《はな》すのが苦手《にがて》みたいな。

また、しーんとする。

「演奏《えんそう》を聞《き》いたよ」

ぼくはいってみた。

「シューベルト？」

母《かあ》さんはふいに興味《きょうみ》を持《も》ったみたいに聞《き》く。

「母《かあ》さんだって、わかったよ。母《かあ》さんの、バイオリンの音《おと》だって。バイオリンが聞《き》けなくて、さみしいよ」

ぼくはそっといってみた。

母《かあ》さんは、それには興味《きょうみ》を持《も》たなかった。

「どうだった?」

母《かあ》さんがたずねた。

ぼくは目《め》を閉《と》じる。静《しず》けさがひろがっている。聞《き》こえてくるのは、だれの話《はな》し声《ごえ》もしない、あのさみしい音色《ねいろ》だけ……。

「わたしの演奏《えんそう》だとわかってくれて、うれしいわ」

母《かあ》さんは、〈さみしい〉という言葉《ことば》にはふれない。

でも、ぼくに、やさしくしようとしてくれてる。

「母《かあ》さんに、会《あ》いたいな……」

ぼくはぼそっという。

母《かあ》さんが、わたしもといってくれるのを、ぼくは待《ま》っている。

待《ま》ってから、母《かあ》さんはそんなことといわないって気《き》がつく。

「ロバート?」

母《かあ》さんがいった。

「聞《き》こえにくいよ」

ぼくはいった。

「電話《でんわ》が遠《とお》いよ」

「ロバート?」

すばやく、ぼくは電話《でんわ》を切《き》った。

マッディが待《ま》っているところにもどる。

「母《かあ》さんからだった。行《い》こう」

マッディはちょっとの間《あいだ》、ぼくを見《み》つめた。ぼくらは何《なに》も話《はな》さないまま、草《くさ》むらのワゴンを引《ひ》っぱり、森《もり》に続《つづ》く小道《こみち》を、丘《おか》のてっぺんに向《む》かって登《のぼ》っていく。エリーは、自分《じぶん》がここにいることを思《おも》い出《だ》させるように、ふんふんと、ぼくの手《て》のにおいをかいだ。

丘《おか》の上《うえ》の景色《けしき》は美《うつく》しい。陽《ひ》が落《お》ちていき、バラ色《いろ》の空《そら》になる。ぼくらはふたりで、空《あ》き地《ち》にテントをはる。マッディが石《いし》のかまどで、小《ちい》さなたき火《び》をおこし、食事《しょくじ》をした。すわるのにちょうどいい丸太《まるた》が二本《にほん》あった。その丸太《まるた》を見《み》て、マッディがクマといっしょにすわってコーン・ブレッドを食《た》べたという話《はなし》を思《おも》い出《だ》した。でも、マッディにそのことをたずねたりはしない。エリーは自分《じぶん》のご飯《はん》を食《た》べてしまうと、たき火《び》のそばに丸《まる》くなっている。空《くう》気《き》が気持《きも》ちいい。森《もり》は甘《あま》い香《かお》りがする。

「母《かあ》さんからの電話《でんわ》の話《はなし》は、したくないんだ」

ぼくはマッディにいった。

「わたしも、聞《き》きたくないわ」

とマッディもいってくれる。

もう少《すこ》しでにやりとしそうだった。

ふたりとも疲《つか》れたので、テントに入《はい》って眠《ねむ》った。エリーは、ぼくのすぐそばで丸《まる》くなっている。ぼくの寝《ね》ているかたちに、からだをすっぽりはまるようにして、いっしょに眠《ねむ》る。

動物《どうぶつ》たちが出《で》てきたのは、次《つぎ》の日《ひ》の早朝《そうちょう》だった。

第《だい》8章《しょう》　動物《どうぶつ》たちの息《いき》づかい

目《め》が覚《さ》めたとき、マッディはまだ眠《ねむ》っていた。テントの入《い》り口《ぐち》から、朝一番《あさいちばん》の光《ひかり》が一《ひと》すじ差《さ》し込《こ》んでくる。でも、まだ太陽《たいよう》は昇《のぼ》っていない。手《て》をのばしてエリーを手探《てさぐ》りする。そばにいない。

すばやく寝袋《ねぶくろ》から抜《ぬ》け出《だ》して、テントから外《そと》をのぞく。

エリーがいた。静《しず》かにすわっている。そのちょうど後《うし》ろで、シカの親子連《おやこづ》れが草《くさ》を食《た》べている。丸太《まるた》の上《うえ》では、二匹《にひき》のアライグマが、何《なに》かを食《た》べている。ウサギが一匹《いっぴき》と別《べつ》の一匹《いっぴき》。森《もり》からもう二匹《にひき》が出《で》てきた。シマリスたちが草《くさ》むらで、追《お》いかけっこをしている。エリーは、そんな中《なか》で、おとなしくすわっていた。一度《いちど》、しっぽが動《うご》いた。動物《どうぶつ》たちは、エリーのほうを見《み》もしない。それどころか、気《き》にならないようだ。

ぼくはそっとテントにもどって、マッディの肩《かた》をたたく。マッディがすぐぼくを見《み》る。ぼくは何《なに》もいわなかったけど、ぼくがテントの外《そと》で何《なに》を見《み》たのかわかっている。マッディは寝袋《ねぶくろ》からはいだして、同《おな》じように外《そと》をのぞく。

「まあ、やっぱり。なんていい子《こ》。あのエリーを見《み》て！　上出来《じょうでき》よ、ロビー」

マッディが小声《こごえ》でいう。マッディの声《こえ》はやさしい。

「ほんとだね、マッディ」

ぼくも小声《こごえ》で返事《へんじ》をする。

ぼくらは少《すこ》しの間《あいだ》、動物《どうぶつ》たちの様子《ようす》を見《み》つめ、そして、静《しず》かにテントを出《で》た。ぼくは動物《どうぶつ》たちが逃《に》げ出《だ》すのを待《ま》った。

だけど、動物《どうぶつ》たちは逃《に》げていかない。

ぼくは、アライグマがすわっている丸太《まるた》の反対側《はんたいがわ》に腰《こし》をおろし、アライグマたちが食《た》べたりしゃべったりするのに、耳《みみ》をかたむける。

動物《どうぶつ》たちの息《いき》づかいが、聞《き》こえる。

エリーが、なでてもらおうとやってくる。

太陽《たいよう》が昇《のぼ》り、あたりに光《ひかり》がみちる。

シカたちが、太陽《たいよう》を見《み》ようと頭《あたま》をあげる。

やっぱり、動物《どうぶつ》たちは逃《に》げていかない。

「今夜《こんや》も、キャンプがしたい？」

マッディがたずねた。

マッディは黒《くろ》いフライパンを火《ひ》にかけて、スクランブルエッグを作《つく》っている。エリーは、もう朝《あさ》ごはんを食《た》べおえていた。

「うん」

ぼくが返事《へんじ》をすると、マッディがうなずき、ぼくはにやっと笑《わら》った。

「何《なに》がおかしいの？」

「ヘンリーみたいな、うなずきかただから」

マッディがもう一度《いちど》、うなずく。ヘンリーそっくり。

ふたりでいっしょに笑《わら》う。

「あなただって、いっしょに過《す》ごす時間《じかん》が長《なが》ければ、似《に》てくるわ。時《とき》には、考《かんが》えかたтака だって」

マッディはいう。

「ぼくは、マッディみたいに考《かんが》えたり、行動《こうどう》できるようになりたいんだ」

マッディは黙《だま》ってしまった。

何度《なんど》もぱちぱちと、まばたきするマッディ。泣《な》かないように、がまんしているみたいだ。

エリーが起《お》き上《あ》がって、何《なに》か残《のこ》り物《もの》をねだろうと、ぼくらの間《あいだ》に立《た》つ。動物《どうぶつ》たちは太陽《たいよう》が昇《のぼ》ると同時《どうじ》に行《い》ってしまった――涼《すず》しくてまだ薄暗《うすぐら》い森《もり》の中《なか》に消《き》えていった。

ぼくらは午後《ごご》には、山《やま》を離《はな》れた。テントと寝袋《ねぶくろ》は残《のこ》したままで。マッディとぼくはいっしょに、バスケットの取《と》っ手《て》を持《も》って、丘《おか》をおりていく。

「ヘンリーに、動物《どうぶつ》たちのことを話《はな》すのが、待《ま》ちきれないよ」

「ヘンリーは信《しん》じないわよ。あの人《ひと》は、あれがほんとうだとは思《おも》わないわ」

マッディがいう。

ぼくが、マッディをあんまり長《なが》い時間《じかん》見《み》つめていたので、マッディも、バスケットの向《む》こうから、ぼくの顔《かお》をじっと見《み》つめた。

「大事《だいじ》なのはね、ヘンリーはそれがほんとうかどうかなんて、気《き》にしないってことだよ。ヘンリーはぼくに、ありのままのマッディが好《す》きだっていってた」

今回《こんかい》ばかりは、まばたきしても、マッディは涙《なみだ》をがまんできない。ぼくは見《み》ないふりをする。

だけど、エリーが、顔《かお》をあげてじっとマッディを見《み》つめていた。マッディにこっちを見《み》てもらえないので、エリーは鼻先《はなさき》でマッディの手《て》をつつく。エリーは何度《なんど》もくりかえす。何度《なんど》も何度《なんど》も。そして、とうとうマッディは手《て》をのばして、エリーの頭《あたま》をなでてやった。

第《だい》9章《しょう》　がんこトム

マッディの家《いえ》に着《つ》くと、ヘンリーが、畑《はたけ》のわきにあるベンチに腰《こし》かけていた。

「ふたりで、どこへ行《い》ってたんだい？」

「キャンプだよ。ぼくら、森《もり》の動物《どうぶつ》たちを見《み》たよ。アライグマといっしょに

丸太《まるた》にすわった」

ヘンリーが、驚《おどろ》いたようにまゆをあげる。

「ほんとうに？」

「ほんとうだよ」

「ドアは、開《あ》いてるわよ」

マッディがいう。

「きみのところのドアは、いつでも開《あ》いてるさ、マッディ。ぼくは、お日《ひ》さまの光《ひかり》にあたっているのが好《す》きなんだ。きみの畑《はたけ》のレタスを食《た》べている、小《ちい》さなウサギのこと知《し》ってるかい？」

「知《し》ってるわ。ピーターよ。フェンスのずっと向《む》こうに、少《すこ》しだけ空《あ》けてある穴《あな》をくぐり抜《ぬ》けてやってくるの」

「ピーターって？　ピーター・ラビットのこと？」

ヘンリーとぼくは、吹《ふ》きだした。

エリーが耳《みみ》をかいてもらおうと、ヘンリーのところに走《はし》っていく。

「エレノア」

ヘンリーが声《こえ》をかける。

「がんこトムの具合《ぐあい》は、どう？」

マッディがたずねる。

ヘンリーは頭《あたま》を振《ふ》る。

「がんこだよ。ルーファスが死《し》んでから、よくないな」

「エリーを連《つ》れて、往診《おうしん》に行《い》ってみたら？」

ヘンリーはエリーをじっと見《み》つめてから、ぼくのほうを見《み》た。

「ちょっと、手《て》を貸《か》してくれるかい、ぼうず？」

「いいよ。どんな？」

「わたしの患者《かんじゃ》に、がんこトムとよんでるお年寄《としよ》りの患者《かんじゃ》さんがいるんだ。トムが長年《ながねん》飼《か》っていたルーファスという犬《いぬ》が、二週間前《しゅうかんまえ》に、死《し》んでしまってね。トムは、ルーファスがいなくなってさみしがっている。エリーを連《つ》れて訪《たず》ねてやってくれないかい？　それが助《たす》けになると思《おも》う。わたしもいっしょに行《い》くよ」

「いいよ。エリーは、だれの気分《きぶん》でも良《よ》くしてあげられるよ」

ぼくはいう。

「行《い》ってらっしゃい。わたしは片《かた》づけをして、今夜《こんや》の準備《じゅんび》もするから」

「今夜《こんや》、何《なに》があるんだい？」

ヘンリーが聞《き》いた。

「キャンプ！」

マッディとぼくは同時《どうじ》に答《こた》えた。

「わかった」

「いっしょに来《く》る？」

ぼくはヘンリーに聞《き》く。

「もちろん、やめとく」

ヘンリーの返事《へんじ》を聞《き》くと、マッディは笑《わら》った。

ヘンリーとエリーとぼくは、トムの家《いえ》までの道《みち》をくだっていく。

「アライグマとすわったって？」

ヘンリーがたずねた。

「うん、アライグマとね」

ぼくはいった。

ぼくらは道《みち》から少《すこ》し奥《おく》まったところにある、小《ちい》さな家《いえ》に着《つ》いた。

「ここだよ。がんこトムの家《いえ》だ」

土《つち》の道《みち》を歩《ある》いていく。ヘンリーがドアを開《あ》ける。

「トム、いるかい？」

「なんだ？」

「お客《きゃく》さんを連《つ》れてきた。ふたりだよ」

「客《きゃく》は、好《す》かん」

ヘンリーは、ぼくの顔《かお》を見《み》てにやっとする。

「このお客《きゃく》さんなら、気《き》に入《い》るさ」

ヘンリーは、ぼくを家《いえ》の中《なか》に手招《てまね》きする。

リビングの中《なか》には、かなりのおじいさんが、やっぱりものすごく古《ふる》そうないすにすわっている。

「なんだって？」

その男《おとこ》の人《ひと》がいう。

「これが、ぼうず。トムに、会《あ》いにきた」

ヘンリーが紹介《しょうかい》してくれる。

「ぼうずって、名前《なまえ》なのか？」

「わたしが、そうよんでるんだ」

「ロバートです」

ぼくは自分《じぶん》でいった。

「昔《むかし》、ロバートってやつがいたな。とんでもないやつだった」

「その人《ひと》とはちがいます」

ぼくがいうと、トムはしばらくのあいだ笑《わら》っていた。

「それから、この子《こ》はエリーです」

エリーをじっと見《み》つめたあと、トムの表情《ひょうじょう》が変《か》わった。

「おお、かわいらしい。おいで、エリー」

エリーが、トムのところへ行《い》った。

トムはエリーの耳《みみ》の後《うし》ろをかき、頭《あたま》をなでてやる。

「猟犬《りょうけん》の血《ち》が流《なが》れているようだ。こいつはきれいな顔《かお》をしとるな」

トムがエリーの頭《あたま》をなでるのをやめると、エリーは、トムのひざの上《うえ》にあごをのせた。

「ああ、いい子《こ》だな。わしの犬《いぬ》の名前《なまえ》は、ルーファスといった」

「ロバートよりいい名前《なまえ》ですね」

そういうと、トムはまた笑《わら》った。それから、ぼくの顔《かお》を見《み》つめる。

「やつがいなくて、さみしいよ」

トムが静《しず》かにいう。

「ぼくもエリーがいなくなったら、さみしいと思《おも》います。エリーと、毎日遊《まいにちあそ》びにきてもかまいませんか？　ぼくたち、この夏休《なつやす》みは、マッディの家《いえ》で過《す》ごすんです。マッディは、ぼくのおばあちゃんです」

「わしもマッディが好《す》きさ。おまえさんも。それにエリーもだ。そうしてくれると、うれしいな」

ぼくはポケットから、エリーのおやつをとりだす。

「よければ、このおやつをエリーにやってください。でも、気《き》をつけてくださいね。エリーはときどき、指《ゆび》をおやつだと思《おも》うみたいだから」

トムはエリーにおやつをあげた。

「ルーファスは、いつも間違《まちが》ってわしの指《ゆび》をかんだよ」

トムがいう。

「またいっしょにきます」

ぼくはトムにいった。

トムは、ぼくの顔《かお》をまじまじと見《み》つめていった。

「それは、うれしい」

「ぼくもです。おじいさんは、ちっともがんこじゃないですね」

トムはにっこりした。

「ああ、そうとも」


ヘンリーとエリーとぼくは、マッディの家《いえ》にもどった。

「ありがとうよ、ぼうず」

「どういたしまして」

「トムの血圧《けつあつ》を測《はか》りたかったんだ。でもエリーをなでてやれば、トムの血圧《けつあつ》が下《さ》がるだろうとわかってた。それに、トムのじゃまをしたくもなかったしね。覚《おぼ》えておくといいよ。犬《いぬ》は血圧《けつあつ》にいいんだ」

ぼくはヘンリーを見上《みあ》げた。

「マッディといっしょに、キャンプにきてほしいな」

「たぶん、いつか行《い》くさ」

ぼくらは、ヘンリーの言葉《ことば》を後《あと》で思《おも》い出《だ》すことになる。

第《だい》10章《しょう》　友《とも》だち

マッディとぼくは、食《た》べ物《もの》の入《はい》ったバスケットを持《も》って、牧草地《ぼくそうち》を通《とお》り、森《もり》をぬけて丘《おか》のてっぺんまで登《のぼ》っていく。

エリーは飛《と》び跳《は》ね、くるくる回《まわ》ったりしながらついてくる。

「エリーは、キャンプが好《す》きなんだね」

「わたしもよ」

「ぼくもだよ」

ぼくはいった。

もう、午後《ごご》も遅《おそ》い。木々《きぎ》の間《あいだ》から差《さ》し込《こ》む日《ひ》ざしは低《ひく》くなっている。

「夕《ゆう》ごはんは、何《なに》？」

「ハンバーガー。保冷剤《ほれいざい》といっしょに入《い》れてあるわ。それに、丸《まる》パンとピクルスとフライドポテト、薄切《うすぎ》りにしたトマト、糖蜜《とうみつ》をかけてオーブンで蒸《む》し焼《や》きにしたベイクド・ビーンズとか。クッキーも。あっ、それから、コーン・ブレッドもあるわよ」

マッディがすごい早口《はやくち》でつけくわえた。

「えっ？」

ぼくは聞《き》き返《かえ》した。

「そう、コーン・ブレッドよ」

「朝《あさ》ごはん用《よう》？」

「かもね」

マッディがすましていう。

テントは、空《あ》き地《ち》にある。

ぼくはテントの入《い》り口《ぐち》のファスナーを開《あ》けて、寝袋《ねぶくろ》といっしょにランタンがあるか確《たし》かめる。

「今夜《こんや》は、流《なが》れ星《ぼし》が見《み》られるかもしれないわよ。外《そと》で寝《ね》たほうがいいわね」

「外《そと》って、ここ？　空《そら》の下《した》で？」

「ええ、そう。流《なが》れ星《ぼし》を見《み》るには、それしかないわね。たき火《び》の用意《ようい》をするわ。うまくたき火《び》ができれば、料理用《りょうりよう》のいい炭《すみ》を持《も》って帰《かえ》れるんだけど」

マッディはたき火《び》をおこし、黒《くろ》いフライパンをとりだす。

たき火《び》はいいにおいがする。森《もり》の香《かお》りもいい。

薄暗《うすぐら》くなってきた。もうすぐ日《ひ》が沈《しず》む。

エリーが、何《なに》かを見《み》ている。エリーの耳《みみ》が、ぴくりと動《うご》いた。

「エリー」

ぼくは静《しず》かに声《こえ》をかける。マッディに教《おし》えてもらったように。

エリーはすわり、三頭《さんとう》のシカ——二頭《にとう》の大人《おとな》と、一頭《いっとう》の子《こ》ジカが、森《もり》から出《で》てくるのをじっと見《み》つめている。シカがこちらを見《み》る。シカがエリーを見《み》る。それから歩《ある》き回《まわ》って草《くさ》を食《た》べる。

エリーはすわったまま、シカをじっと観察《かんさつ》し続《つづ》ける。エリーが小《ちい》さくからだをふるわし、鼻《はな》を鳴《な》らす。

「だいじょうぶだよ、エリー」

ぼくは声《こえ》をかけた。

「エリーは怖《こわ》がってるんじゃないわ。喜《よろこ》んでるのよ」

マッディが、シカをよく見《み》ようとからだの向《む》きを変《か》えた。でもそのとき、大変《だいへん》なことが起《お》こった。

マッディはバランスをくずし、太《ふと》い丸太《まるた》につまづいて、小枝《こえだ》がちらばった地面《じめん》に倒《たお》れた。

「マッディ！」

マッディの脚《あし》に丸太《まるた》がのっている。マッディは動《うご》かない。ぼくは腕《うで》をゆさぶる。

「マッディ？　だいじょうぶ？」

マッディは、うめき声《ごえ》をもらす。からだの向《む》きを変《か》えようとする。

「脚《あし》が……。丸太《まるた》をどけられる、ロビー？」

ぼくはマッディのとなりにひざをついて、丸太《まるた》をどけた。

マッディが、悲鳴《ひめい》をあげた。

「ごめん、マッディ」

ぼくはあやまった。

「だいじょうぶよ。テントの中《なか》にまくらがあるから、取《と》ってきてくれない？　そしたら、もたれてすわれる」

マッディがいうので、ぼくはテントに走《はし》り、まくらを見《み》つけた。

マッディの腕《うで》の下《した》に自分《じぶん》の腕《うで》をまわし、からだを支《ささ》えるようにして引《ひ》っ張《ぱ》り起《お》こし、まくらにもたれさせた。

マッディの顔《かお》は、真《ま》っ青《さお》だ。

「ブーツを脱《ぬ》がせてもらえる、ロビー？」

「マッディ、助《たす》けをよばなきゃ。ヘンリーをよばないと！」

「ブーツを脱《ぬ》がせて……」

マッディがもう一度《いちど》いう。声《こえ》がふるえている。こんな声《こえ》を聞《き》くのは、初《はじ》めてだ。

「できれば、靴下《くつした》も……」

靴《くつ》ひもをほどく。靴《くつ》ひもをじゅうぶんにゆるめる。ブーツを脱《ぬ》がせる。できるだけ、そっと手《て》をふれるが、マッディはまた悲鳴《ひめい》をあげた。靴下《くつした》を脱《ぬ》がせるときは、もっと痛《いた》かったみたいだ。

終《お》わって、目《め》をあげて気《き》がついた。マッディの後《うし》ろのほうに黒《くろ》いクマが立《た》っていて、ぼくらを見《み》ている。

急《いそ》いでエリーのほうを見《み》た。エリーの耳《みみ》がまたぴくぴく動《うご》いている。鼻《はな》を鳴《な》らしている。

「エリー。おいで。いい子《こ》だね」

ぼくはできるだけ、やさしい声《こえ》でいう。

エリーが、うなり声《ごえ》をあげる。

「おいで」

ぼくはもう一度《いちど》いう。

エリーが、ぼくのほうへやってくる。エリーの首輪《くびわ》を、しっかりとつかむ。

「マッディ」

ささやくように、ぼくはいう。

「わたしはだいじょうぶよ、ロビー。これなら、なんとかできるわ」

「マッディ」

ぼくはもう一度《いちど》小《ちい》さな声《こえ》でいう。

「後《うし》ろにクマがいるんだ」

マッディは見《み》ようにも、振《ふ》り向《む》けない。でも、落《お》ちついた声《こえ》でいう。

「コーン・ブレッドを取《と》って。バスケットの中《なか》よ。ホイルで包《つつ》んであるわ」

「マッディ、エリーの首輪《くびわ》を、つかんでいられる？」

「ええ」

ぼくはゆっくりとバスケットのほうへ移動《いどう》し、中《なか》を見《み》る。ホイルの包《つつ》みがある。

マッディのところに持《も》っていく。

「包《つつ》みをはがして」

マッディがいうが、その声《こえ》は弱々《よわよわ》しい。

「半分《はんぶん》を、クマとわたしたちの真《ま》ん中《なか》に置《お》くの。クマに見《み》えるように」

ぼくはコーン・ブレッドの包《つつ》みをはがす。

「じっとしてるのよ、エリー」

マッディがエリーに声《こえ》をかける。

「さあ、クマのそばに、コーン・ブレッドを置《お》いてこられるわ」

今《いま》までに、こんなに難《むずか》しいことをしたことがなかった。ゆっくりとぼくが動《うご》くと、クマが小《ちい》さな目《め》でじっとぼくを見《み》つめている。こんなに大《おお》きなクマに、こんなに小《ちい》さな目《め》。地面《じめん》にコーン・ブレッドを置《お》く。

マッディのところにもどる。心臓《しんぞう》がドキドキ鳴《な》っている。

「クマはどうしてる？」

マッディがたずねた。

「においをかいでいるよ」

マッディはちょっと笑《わら》った。

「友《とも》だちのクマだわ」

クマはコーン・ブレッドのところまで、のしのしと歩《ある》いてくる。すわりこんで、食《た》べだした。

エリーがぶるぶるふるえると、からだをふるわせているのが見《み》えたので、手《て》をのばして首輪《くびわ》をつかんだ。

「エリーが、ふるえている」

ぼくがいったら、マッディが教《おし》えてくれた。

「興奮《こうふん》しているのよ」

「クマが、コーン・ブレッドを食《た》べてるよ」

ぼくはマッディに教《おし》える。

「ロビー。歩《ある》けないわ。脚《あし》をけがしたみたい。頭《あたま》も痛《いた》いし。ヘンリーに来《き》てもらわないと。あなたがむかえにいって」

まだかすかに外《そと》は明《あか》るい。マッディを置《お》いていくことも考《かんが》えたけど、そんなことはできっこない。

「だめだよ。ひとりにはできないよ」

「ヘンリーを連《つ》れてこないと」

マッディがいう。

「わかってる……」

マッディが、汗《あせ》をかきだした。

「目《め》まいがするわ、ロビー」

テントにもどって、寝袋《ねぶくろ》を持《も》ってきて、マッディのからだにかける。

「ありがとう、ロビー」

マッディはいったが、その声《こえ》は弱々《よわよわ》しかった。

そのとき、どうすればいいか、思《おも》いついた。

「ねえ、マッディ？」

「なあに？」

「エリーをむかえにいかせるよ」

マッディは目《め》を閉《と》じたままだ。

「エリーならできるよ、ヘンリーのことも、家《いえ》までの道《みち》も知《し》ってるし」

ぼくはポケットから、手帳《てちょう》とボールペンを出《だ》す。

手紙《てがみ》を書《か》いた。

ヘンリーへ

マッディがけがをして、歩《ある》けません。

ぼくらは丘《おか》の上《うえ》でキャンプをしています。

助《たす》けにきてください。寝袋《ねぶくろ》を持《も》ってきてください。

ぼうずより

「エリー、おいで」

ぼくは小声《こごえ》でよぶ。

エリーがぼくを見《み》つめる。エリーは小《ちい》さなため息《いき》をついて、立《た》ち上《あ》がり、こちらにやってきた。

マッディの靴《くつ》ひもを一本《いっぽん》はずして、メモをエリーの首輪《くびわ》に結《むす》び付《つ》ける。

エリーにおやつをあげる。

「エリー、ヘンリーだよ。ヘンリーのところへ行《い》くんだ」

エリーはぼくの顔《かお》を見《み》る。それから、クマのほうも見《み》た。

「エリー、ヘンリーのところだ。さあ、行《い》って。行《い》け！」

ぼくの声《こえ》も、マッディの声《こえ》みたいに少《すこ》しふるえている。

でも、エリーは行《い》く。

エリーは、丘《おか》をくだっていく。途中《とちゅう》で、こちらを振《ふ》り向《む》いて、ぼくを見《み》つめる。

「行《い》くんだ。いい子《こ》だね。ヘンリーを見《み》つけて！」
ぼくは大声《おおごえ》でたのんだ。
エリーは向《む》きをかえ、丘《おか》を早足《はやあし》でかけていく。もう振《ふ》り返《かえ》らないで。
まもなく、エリーの姿《すがた》は見《み》えなくなった。
「ヘンリーは来《き》てくれるよ」
マッディに話《はな》しかけても、マッディは目《め》を閉《と》じたままで、返事《へんじ》をしない。
いやだ。ぼくに話《はな》しかけてほしい。
テントに行《い》って、自分《じぶん》の寝袋《ねぶくろ》を持《も》ってきた。
マッディの隣《とな》りに寝転《ねころ》んで、クマのほうを見《み》る。
怖《こわ》い……。
でも、ぼくが怖《こわ》がっているのは、クマのことじゃない。
マッディがけがをしたこと、そして話《はな》しかけてくれないことが怖《こわ》い。

「ねえ、マッディ」

ぼくはそっという。

「ええ……」

返事《へんじ》はするが、マッディの目《め》は閉《と》じたままだ。

マッディの声《こえ》にほっとして、何《なに》をいっていいかわからない。

「ヘンリーは、来《き》てくれるよ」

「ええ」

マッディの声《こえ》は弱々《よわよわ》しい。

クマのほうに目《め》をやると、まだおいしそうに食《た》べている。

そのとき、そばで何《なに》かが動《うご》く気配《けはい》がした。ぼくは振《ふ》り向《む》いた。

ボブキャット（オオヤマネコ）だ。

「マッディ?」

「どうしたの？」

「ボブキャットがいるよ。これ、本物《ほんもの》じゃないよね」

マッディがやさしい声《こえ》でいう。

「本物《ほんもの》よ、ロビー。さわってみたら。わたしのことを信《しん》じてくれてるわ。あなたのことも、きっと信《しん》じてくれるわ」

どうしてだかわからないけど、ぼくはもう何《なに》も怖《こわ》くなくなった。手《て》をのばして、ボブキャットの銀色《ぎんいろ》の毛並《けな》みにふれた。ぼくがなでると、ボブキャットのからだがこきざみにふるえた。

ぼくはマッディの横《よこ》に寝転《ねころ》んだ。

「このボブキャットは、前《まえ》にもだれかにさわられたことあるの？」

ぼくは思《おも》いきってたずねた。

マッディはいった。

「いいえ。あなたが初《はじ》めてよ」

ぼくはにっこり笑《わら》った。

初《はじ》めてだって！　ぼくにもマッディみたいな〈神《かみ》さまからの贈《おく》りもの〉があるのかもしれない。

ぼくらが横《よこ》になっているところに、ウサギたちがやってきた。アライグマもやってきて、そばの丸太《まるた》にすわる。

「みんな、友《とも》だちよ」

マッディの声《こえ》はやさしい。

夜《よる》がおとずれようとしている。ぼくはランタンをともす。だけど、たき火《び》もまだ燃《も》えている。

ぼくらは待《ま》つ。

第《だい》11章《しょう》　流《なが》れ星《ぼし》

空気《くうき》は、すっかりひんやりしてきた。でも、動物《どうぶつ》たちはそのままいる。マッディは眠《ねむ》っている。顔《かお》から血《ち》の気《け》が引《ひ》いている。ウサギやシマリスが動《うご》き回《まわ》る音《おと》が聞《き》こえる。アライグマのおしゃべりの声《こえ》も。

太陽《たいよう》は沈《しず》んでしまった。

「マッディ」

ぼくは小声《こごえ》でよびかけた。

返事《へんじ》がない。

ちがう音《おと》が聞《き》こえてくる。

何《なに》かが近《ちか》づいてくる。

立《た》ちあがった。

エリーだ！

エリーは空《あ》き地《ち》のところで立《た》ち止《ど》まる。エリーが動物《どうぶつ》たちを見《み》つめた。

「おいで、エリー」

ぼくは声《こえ》をかける。

エリーが、空《あ》き地《ち》に足《あし》を踏《ふ》み出《だ》す。

エリーの後《うし》ろにはヘンリーがいる。ヘンリーは診療《しんりょう》かばんと寝袋《ねぶくろ》を持《も》っている。リュックサックも背負《せお》っている。

ヘンリーが立《た》ち止《ど》まった。ぼくとマッディのまわりに集《あつ》まっている動物《どうぶつ》たちの姿《すがた》を目《め》にしたのだ。クマ、シカ、ウサギに丸太《まるた》の上《うえ》にはアライグマ、そして、ボブキャットまでいた。

「だいじょうぶだよ、ヘンリー」

そういったあと、ぼくは泣《な》き出《だ》してしまった。

すると、ヘンリーがやってきて、ぼくを抱《だ》きしめてくれた。

エリーは、ぼくの手《て》をなめてくれる。

動物《どうぶつ》たちはまだここにいる。

「マッディが丸太《まるた》につまずいて、脚《あし》をけがしたんだ。ブーツと靴下《くつした》は脱《ぬ》がせたよ」

「上出来《じょうでき》だ、ぼうず」

ヘンリーはいつものヘンリーではなく、お医者《いしゃ》さんのヘンリーになっている。マッディの顔《かお》にふれ、おでこに手《て》をあてる。

「ヘンリーなの？」

か細《ぼそ》い声《こえ》でマッディが聞《き》いた。

「そう、わたしだよ」

ヘンリーが、マッディの髪《かみ》をなでた。

「あなたも、キャンプに来《き》たのね」

マッディがつぶやくようにいう。

ヘンリーは、ぼくにほほえんだ。

「いやいやながらね」

「マッディは、ずっと話《はな》してないんだ。目《め》まいがするっていってた」

ぼくは説明《せつめい》した。

「頭《あたま》を打《う》ったのかい？」

「たぶん。頭《あたま》をけがしたって」

ヘンリーは、後《うし》ろからこちらを見《み》ているクマを見《み》つめた。

それから、ぼくの後《うし》ろのほうも見《み》た。

「あれは、ボブキャットかい？」

やっと聞《き》き取《と》れるくらい小声《こごえ》で、ヘンリーが聞《き》いた。

「そうだよ」

ヘンリーは、信《しん》じられないというふうに頭《あたま》を振《ふ》る。

「これは夢《ゆめ》の世界《せかい》だな」

「ぼくもそういったよ。でも、ぼくはあの子《こ》をこの手《て》でさわった。あの子《こ》は本物《ほんもの》だよ」

ヘンリーが、小《ちい》さな懐中電灯《かいちゅうでんとう》を診察《しんさつ》かばんから取《と》り出《だ》し、マッディの目《め》を照《て》らす。

マッディは、手《て》で払《はら》いのけようとする。

ヘンリーはマッディの頭《あたま》にふれる。

「ここに、たんこぶができてる。でも、脳《のう》しんとうは起《お》こしてないと思《おも》う」

そっと、ヘンリーは、マッディの脚《あし》にふれた。ヘンリーが脚《あし》を動《うご》かすと、
マッディはうめき声《ごえ》をあげた。

「ランタンを、もっと近《ちか》くまで持《も》ってきてくれるかい？」

ヘンリーがいう。

ぼくはランタンを、マッディの脚《あし》のそばによせる。

ヘンリーは脚《あし》を診察《しんさつ》し、そしてもう一度《いちど》、足首《あしくび》にふれる。手《て》をもどす。

「足首《あしくび》が、折《お》れている」

ヘンリーがいった。

「悪《わる》いの？」

「かなり悪《わる》いな。しばらく脚《あし》は使《つか》えないな。脚《あし》を動《うご》かさないように応急処置《おうきゅうしょち》で副《そ》え木《ぎ》をあてるけど、きちんと固定《こてい》するには、マッディを丘《おか》からおろさないと」

「朝《あさ》になってからでも、だいじょうぶ？」

「しかたないね。暗闇《くらやみ》で、運《はこ》ぶのは難《むずか》しすぎるよ。マッディは、水《みず》を飲《の》んだかい？」

ぼくは首《くび》を振《ふ》る。

ヘンリーが、ぼくの顔《かお》に手《て》をふれる。

「怖《こわ》いのかい？」

「うん……」

「いっしょに、マッディの手当《てあ》てをしよう」

ヘンリーは診療《しんりょう》かばんから注射器《ちゅうしゃき》を取《と》り出《だ》し、マッディのシャツの袖《そで》をめくり上《あ》げる。そして、マッディに注射《ちゅうしゃ》した。

「マッディ？　すぐに気分《きぶん》がよくなるよ。ここにいるからね。ぼうず、水《みず》はあるかい？　それに氷《こおり》も？　これ以上《いじょう》、脚《あし》がはれないようにしないと」

水《みず》を取《と》りに、食《た》べ物《もの》の入《はい》ったバスケットのところへ行《い》く。保冷剤《ほれいざい》もつかんだ。

もう、クマは行《い》ってしまった。シカは森《もり》の中《なか》に移動《いどう》する。ボブキャットは、まだ丸太《まるた》のそばにすわっている。

その目《め》が、暗《くら》やみの中《なか》で光《ひか》っている。

ヘンリーが、もう一度《いちど》、たき火《び》をおこした。

「夕食《ゆうしょく》は食《た》べたかい？」

ヘンリーが聞《き》いてくれた。

ぼくは首《くび》を振《ふ》った。

「夕《ゆう》ご飯《はん》を食《た》べる前《まえ》に、マッディが転《ころ》んだんだ。マッディに保冷剤《ほれいざい》を使《つか》ったから、ハンバーガーは動物《どうぶつ》たちに、森《もり》の中《なか》へなげてやった。マッディがベイクド・ビーンズを作《つく》ってあるよ」

「豆《まめ》は大丈夫《だいじょうぶ》だろう。夕食用《ゆうしょくよう》にナチョス（とうもろこしのチップスにチーズやスパイスをかけた料理《りょうり》）をリュックサックに入《い》れてきた。たき火《び》でチーズをとかそう」

ヘンリーとぼくは、一本《いっぽん》の丸太《まるた》にもたれて隣《となり》り合《あ》わせに地《じ》べたにすわる。ボブキャットはもう行《い》ってしまった。マッディは、目《め》を閉《と》じたままだ。マッディの脚《あし》は、ぼくが使《つか》っていたまくらの上《うえ》にのせられている。ヘンリーが副《そ》え木《ぎ》をあてた。

エリーがやってきて、ヘンリーの隣《とな》りに寝《ね》そべる。

ヘンリーがやさしい声《こえ》でいう。

「エレノアが、わたしを見《み》つけてくれた。玄関《げんかん》ドアのところで、カシャ、カシャって、音《おと》がした。ドアを開《あ》けたら、エレノアだった」

ヘンリーは、エリーの頭《あたま》をなでている。

「そのあと、わたしが、キッチンテーブルから立《た》ち上《あ》がらなかったものだから、エレノアにシャツを引《ひ》っぱられて、シャツが破《やぶ》けたよ」

「エリーが、そんなことをしたの？」

「いつものように遊《あそ》びにやってきたんじゃないことを、知《し》らせたかったんだろうね」

「それで、首輪《くびわ》につけておいたメモを見《み》つけてくれたの？」

ぼくは聞《き》いた。

ヘンリーは、ちがうと首《くび》を振《ふ》る。

「首輪《くびわ》からはずれて、落《お》ちていた。エレノアが玄関《げんかん》ドアのわきから、メモを拾《ひろ》ってわたしのところまで運《はこ》んできたんだ」

ヘンリーは、ぼくを見《み》つめた。

「エリーを来《こ》させたのは、名案《めいあん》だったな」

ヘンリーがいってくれた。

「マッディを、ひとりにできなかったんだ。でなきゃ、エリーを残《のこ》してと、あと……」

ぼくはちがうって、両手《りょうて》を振《ふ》る。ヘンリーはぼくのいいたいことがわかってる。

「アライグマや、ウサギにクマ、シカ、そしてボブキャットといっしょにということだね?」

ぼくは笑《わら》った。ヘンリーも笑《わら》いだした。

「お腹《なか》がすいたわ。それから、ナチョスはヘルシーメニューだとは思《おも》わないわよ」

突然《とつぜん》、マッディがしゃべった。

「痛《いた》み止《ど》めが効《き》いてきたな。しかも、ぼうずの夕《ゆう》ご飯《はん》に、ドーナツを出《だ》したことのあるご婦人《ふじん》からのご意見《いけん》が、これだ」

マッディに聞《き》こえるように、ヘンリーが大《おお》きな声《こえ》でいう。

ヘンリーは立《た》ち上《あ》がって、マッディのところに行《い》く。水《みず》の入《はい》ったびんを手渡《てわた》す。

「少《すこ》し飲《の》んで、マッディ。ちょっとだけなら、食《た》べてもいいよ。だけど、たくさんはだめ。気分《きぶん》が悪《わる》くなると困《こま》るからね」

「もうとっくに、ひどい気分《きぶん》よ。これ以上《いじょう》、悪《わる》くなっても、たいしたことないわ」

マッディはいった。

「ひどいことになる、わたしを信《しん》じてくれ。わたしは主治医《しゅじい》だよ。しかも、たいへん優秀《ゆうしゅう》なね。いうことを聞《き》いてくれよ」

「どうやって、丘《おか》をおりるの？」

マッディが聞《き》いた。

「おぶっておりる。わたしがね。なかなかロマンチックだろう」

マッディが真《ま》っ赤《か》になった。

「ほほに、赤《あか》みがもどってよかった」

ヘンリーはうれしそうにいう。

マッディが声《こえ》をあげた。

「見《み》て！　流《なが》れ星《ぼし》！」

ぼくらは空《そら》をふりあおいで、星《ほし》が横切《よこぎ》るのを見《み》た。そして、またひとつ。

「いったでしょう。流《なが》れ星《ぼし》が見《み》られるって、ね」

マッディの言葉《ことば》に、ヘンリーはため息《いき》をついた。

「たしかに、マッディは、元気《げんき》になってる」

ヘンリーがいった。

ヘンリーはたき火《び》でチーズをとかして、紙皿《かみざら》の上《うえ》のナチョスにかけてくれる。マッディには、少《すく》な目《め》のお皿《さら》を渡《わた》す。

ランタンの明《あ》かりが空《あ》き地《ち》を照《て》らし、たき火《び》の炎《ほのお》が、ぼくらの顔《かお》にゆらめく。

「ヘンリー?」

「どうした、マッディ?」

「わたしの友《とも》だちを、見《み》た?」

ヘンリーは、すぐには返事《へんじ》をしない。

ようやくいう。

「ああ、ちゃんと見《み》たよ」

マッディが黙《だま》り込《こ》んだ。

「ロビー？」

マッディがいった。

「うん？」

マッディはふーっと息《いき》をはいた。

「あなたのお母《かあ》さんが、まだうんと小《ちい》さいころ、父親《ちちおや》がわたしたちを置《お》いて家《いえ》を出《で》ていってしまったの」

ヘンリーとぼくは、顔《かお》を見合《みあ》わせた。

「知《し》らなかった。だれも、そんなこと話《はな》してくれなかったから」

ぼくはいった。

「だから、今《いま》、話《はな》してる。あの子《こ》は、父親《ちちおや》のことが大好《だいす》きだった。なのに、父親《ちちおや》は突然《とつぜん》出《で》ていった。ある意味、それからのあの子《こ》は、人《ひと》に心《こころ》を開《ひら》かなくなったの。結局《けっきょく》のところ、みんないなくなってしまうかもしれないから。でも、あの子《こ》にはバイオリンがあった。そして、バイオリンは、あの子《こ》を失望《しつぼう》させることはなかった。あの子《こ》は、バイオリンなら信《しん》じることができたの」

マッディは、一息《ひといき》ついた。もう一度《いちど》、話《はな》そうとする。

「あの、わたしがいいたいのは……」

マッディが言葉《ことば》をにごした。

「バイオリンなら離《はな》れていくことはない、ということだね」

ヘンリーがいった。

マッディが、ほっとしたように大《おお》きく息《いき》をはいた。

「あの子《こ》は、バイオリンなら、いくら愛《あい》しても自分《じぶん》が傷《きず》つかないと思《おも》っているの。わかってくれる、ロビー?」

「うん」

ぼくは答《こた》えた。

こうして、ぼくは母《かあ》さんのことが少《すこ》しわかった。

夜《よる》の残《のこ》りの時間《じかん》を、ぼくらは寝袋《ねぶくろ》の中《なか》で過《す》ごした——ヘンリーとぼくで、マッディをはさんで。

たき火《び》の炎《ほのお》が、ゆっくりとゆらめく。ぼくらは、眠《ねむ》りにつくまで流《なが》れ星《ぼし》を見《み》ていた。

第《だい》12章《しょう》　ぼくのなかのほんとう

次《つぎ》の朝《あさ》、マッディの足首《あしくび》と脚《あし》はまだはれていて、あざになっていた。

「残《のこ》ったコーン・ブレッドを食《た》べてしまおう。たき火《び》に土《つち》をかけてくれるかい、ぼうず？　マッディを丘《おか》から下《した》に運《はこ》ばないと」

夜中《よなか》に一度《いちど》、マッディがうめき声《ごえ》をあげるのを聞《き》いた。ヘンリーが、マッ

ディに薬《くすり》と水《みず》を渡《わた》しているようすも、夢《ゆめ》うつつに聞《き》いた。

今日《きょう》は、動物《どうぶつ》たちの姿《すがた》はない。エリーが探《さが》している。ぼくも探《さが》す。

ぼくらはテント以外《いがい》の荷物《にもつ》を、庭用《にわよう》のワゴンに全部《ぜんぶ》積み上《あ》げた。ぼくは安全《あんぜん》のため、たき火《び》にしっかりと土《つち》をかけて後始末《あとしまつ》をした。その上《うえ》から水《みず》もかけた。

「テントは、あとで取《と》りに来《こ》よう。出発《しゅっぱつ》できるかい？」

ヘンリーが聞《き》いた。

ぼくがワゴンを引《ひ》っぱる。ヘンリーはマッディをおぶって運《はこ》ぶ。

「少《すこ》し痛《いた》いかもしれないよ、マッディ」

「わかってる」

マッディが答《こた》えた。

エリーはぼくの横《よこ》を歩《ある》く。森《もり》の中《なか》の道《みち》をくだり、牧草地《ぼくそうち》を横切《よこぎ》る。

「マッディ？」

ヘンリーが声《こえ》をかける。

マッディはヘンリーの首《くび》に腕《うで》をまわし、肩《かた》に頭《あたま》をもたせかけている。返事《へんじ》はない。

「もう少《すこ》しだよ」

ヘンリーはマッディにいう。

マッディの家《いえ》に着《つ》くと、ヘンリーはマッディをベッドに寝《ね》かせた。脚《あし》にはまくらをあてる。マッディは腕《うで》で、目元《めもと》をおおっている。動《うご》かない。

「家《いえ》にもどって車《くるま》をとってくるよ。そのほうが早《はや》い。すぐにもどってくる」

そういって、ヘンリーが自分《じぶん》の家《いえ》に走《はし》っていくのを、ぼくは見《み》ていた。

バスケットを、家《いえ》に持《も》って入《はい》る。巻《ま》いた寝袋《ねぶくろ》とランタンを、玄関《げんかん》のクローゼットにしまう。

ぼくは、マッディの寝室《しんしつ》のドアの前《まえ》からマッディを見《み》つめた。足元《あしもと》をみると、エリーも同《おな》じように立《た》っているのに気《き》がついた。ぼくはエリーの頭《あたま》に手《て》を置《お》いた。

車《くるま》の音《おと》がする。ヘンリーだ。エリーが外《そと》を見《み》ようと、キッチンのドアに走《はし》っていく。ぼくは、マッディをそのまま見守《みまも》っていた。

ヘンリーが、ぼくのそばをさっと通《とお》り抜《ぬ》けた。

「マッディ?」

「なあに?」

「今《いま》から、きみを抱《かか》えて車《くるま》に運《はこ》ぶよ。助手席《じょしゅせき》の背《せ》もたれは倒《たお》してあるから、病院《びょういん》まで寝《ね》たままで行《い》ける」

マッディは、目《め》の上《うえ》をおおうようにしていた腕《うで》をのける。

「ロビーは、どうなるの?」

「ぼくはだいじょうぶだよ、マッディ。エリーといっしょにここにいるよ」

ヘンリーが、できるだけそうっとマッディを抱《かか》えあげる。ぼくが脇《わき》によると、ヘンリーはマッディを車《くるま》まで運《はこ》んだ。

ヘンリーが大声《おおごえ》でいった。

「電話《でんわ》するよ、ぼうず。しばらくかかると思《おも》うけど」

ヘンリーはとってもゆっくりと車《くるま》を運転《うんてん》して、砂利道《じゃりみち》を出《で》ていく。

そして、ふたりは行《い》ってしまった。

*

家《いえ》には、ぼくたちだけだ。エリーとぼく。

エリーに食事《しょくじ》をさせて、散歩《さんぽ》に連《つ》れ出《だ》した。それから、畑《はたけ》のわきのベンチで休《やす》んだ。見《み》ると、ピーター・ラビットがレタスを食《た》べている。ピーターはすばやく、そしてリズミカルに動《うご》いていく。ひとつのうねが終《お》わると、すぐに次《つぎ》のうねにとりかかる。ぼくはピーターを止《と》めない。マッディの畑《はたけ》にはたくさんレタスがあるから。

ずいぶん長《なが》い間《あいだ》すわっていたけど、ピーターはまだレタスを食《た》べている。

小鳥《ことり》たちが、塀《へい》の上《うえ》にやってくる。

太陽《たいよう》が雲《くも》の後《うし》ろに姿《すがた》を隠《かく》し、またあらわれた。

電話《でんわ》が鳴《な》ったので、ぼくは部屋《へや》の中《なか》に駆《か》け込《こ》んだ。

「ぼうずか？　だいじょうぶか？」

「だいじょうぶだよ。ピーター・ラビットが、レタスのうねを、ふたつも食《た》べちゃったけどね」

ヘンリーが声《こえ》をたてて笑《わら》う。ヘンリーの笑《わら》い声《ごえ》を聞《き》きたくて、ピーターのこと、いったんだ。

「マッディのぐあいは?」

「いいよ。上等《じょうとう》の副《そ》え木《ぎ》をつけてもらってるよ。二《に》、三日《さんにち》してはれが引《ひ》いたら、ちゃんとしたギプスをはめることになるかな。あとで、家《いえ》に送《おく》っていく」

しばらく黙《だま》っている。

言葉《ことば》が出《で》てこない……。

それは、怖《こわ》かったからだと気《き》がついた。

「ぼうず?」

「うん、マッディがもどってくるのはうれしいよ」

「わたしもだ」

「ヘンリー?」

「うん?」

「怖《こわ》かった……」

「わたしも、だ」

ヘンリーがいってくれた。

*

マッディは、松葉《まつば》づえを持《も》って帰《かえ》ってきた。でもヘンリーは、マッディに松葉《まつば》づえを使《つか》わせようとしない。マッディを抱《かか》えてキッチンまで来《く》る。

「ベッド、それともいす?」

ヘンリーがたずねる。

「いすに」

とマッディはすわるまではいっていたが、「ベッドにして」という。

「もう、くたくた」

「そのほうがいい。たくさん薬《くすり》を飲《の》んでるからね。床《ゆか》の上《うえ》にずりおちて、敷物《しきもの》になっちゃうかも」

ヘンリーがいった。

ぼくは笑《わら》った。

ヘンリーはマッディをベッドに運《はこ》び、それからキッチンに入《はい》ってきた。

ヘンリーは、キッチンテーブルのいすにすわる。

「今夜《こんや》は、ここに泊《と》まることにするよ。マッディに助《たす》けがいるかもしれないから」

「うん、ありがとう」

電話《でんわ》が鳴《な》り、ぼくが出《で》る。

「もしもし」

「ロバート？」

母《かあ》さんだ。

「もしもし」

「父《とう》さんもわたしも、三人《さんにん》でもう少《すこ》しいっしょに過《す》ごしたほうがいいんじゃないかって、考《かんが》えてたの……この前《まえ》の話《はなし》も、あんまり、うまくいってなかったし」

「ううん。そんなことないよ」

ヘンリーが、こちらを見《み》ている。相手《あいて》がだれなのかはお見通《みとお》しだろう。

「それでね、あなたがロンドンに来《き》てくれるなら、コンサートの間《あいだ》、いっしょに過《す》ごせるかもしれないって。飛行機《ひこうき》の手配《てはい》はできたわ。どうかしら？」

ぼくは、黙《だま》った。その一瞬《いっしゅん》に、父親《ちちおや》に置《お》いていかれた小《ちい》さな女《おんな》の子《こ》だった母《かあ》さんが見《み》えた。母《かあ》さんも昔《むかし》は、小《ちい》さな女《おんな》の子《こ》だったなんて、これまで考《かんが》えたことなかった。一度《いちど》も。

「母《かあ》さん、マッディが足首《あしくび》の骨《ほね》を折《お》って、今《いま》、松葉《まつば》づえなんだ。ぼくが必要《ひつよう》なんだよ。マッディは、ずっとぼくの世話《せわ》をしてくれたでしょう。ここにいて、マッディの世話《せわ》をするよ」

電話《でんわ》の中《なか》がしーんとしている。

「おばあちゃんは、だいじょうぶなの?」

「うん。ヘンリーがマッディの手当《てあ》てをしてくれてるよ。畑《はたけ》で転《ころ》んだんだ」

ヘンリーがぼくにほほえむ。

ぼくは話《はなし》を続《つづ》ける。

「ぼく、母《かあ》さんがシューベルトの演奏《えんそう》をしたとき、どんなにいい音《おと》だったかこの前《まえ》、いわなかったね。マッディのラジオで、『死《し》と乙女《おとめ》』を聞《き》いたんだよ」

「まあ、ありがとう、ロバート。それはうれしいわ」

母《かあ》さんは驚《おどろ》いている。ほかになんていったらいいのか、わからないんだ。ふたりでどんな話《はなし》をしたらいいのか。ぼくらがどんなふうに感《かん》じてるとか、どんなことを考《かんが》えてるとか、時《とき》に、どんなことを怖《こわ》がっているとか。

でも、ぼくはわかる。

母《かあ》さんに、いっぱい話《はな》したいことがある。

ぼくの新《あたら》しいほんとうのことを話《はな》したい。

ぼくがアルファで、エリーは英雄《えいゆう》だってことを話《はな》したい。

クマにコーン・ブレッドを食《た》べさせたこと。そのクマは、ぼくに何《なに》もしなかったって、話《はな》したい。

ボブキャットをなでたってことを、話《はな》したい。

母《かあ》さんが、ひとりぼっちで、さみしがり屋《や》の女《おんな》の子《こ》だったことを、知《し》ってるよって、話《はな》したい。

だけど、こんなことはどれも話《はな》せない。

だけど、ひとつだけ、話《はな》せることがある。

だから、ぼくはそれをいう。

「母《かあ》さん？」

「なあに、ロバート？」

雑音《ざつおん》が入《はい》る。ぼくらはすごく近《ちか》くにいて、同時《どうじ》に遠《とお》く離《はな》れてもいる。

「母《かあ》さんのこと、大好《だいす》きだよ」

ぼくはぼくのなかのほんとうを母《かあ》さんにいった。

訳者《やくしゃ》　あとがき

生活《せいかつ》が便利《べんり》になっても、人間《にんげん》の心《こころ》は豊《ゆた》かに満《み》たされたものにはなっていないのが今《いま》の社会《しゃかい》です。そんな現実《げんじつ》をふまえ、作者《さくしゃ》のパトリシア・マクラクランさんは、家族《かぞく》をテーマに作品《さくひん》を書《か》き続《つづ》けています。主人公《しゅじんこう》の子《こ》どもたちは、自分《じぶん》の家族《かぞく》がよその家族《かぞく》とどこか違《ちが》っているように感《かん》じています。でもいったいそれはなんなのか、いつも一生《いっしょう》けんめい探《さが》すのです。温《あたた》かく寄《よ》り添《そ》う年長者《ねんちょうしゃ》の存在《そんざい》が魅力的《みりょくてき》で、マクラクラン作品《さくひん》の主人公《しゅじんこう》たちはいろんな形《かたち》で答《こた》えを見《み》つけ出《だ》していきます。

今回《こんかい》お届《とど》けする作品《さくひん》は、やさしい日常会話《にちじょうかいわ》にこめられた深《ふか》い意味《いみ》が特徴的《とくちょうてき》な物語《ものがたり》です。物語《ものがたり》というより、詩《し》のような作品《さくひん》でしょうか。

ロバートの両親《りょうしん》はともに音楽家《おんがくか》で、かなり個性的《こせいてき》です。特《とく》にお母《かあ》さんは、バイオリンに打《う》ち込《こ》む強《つよ》い情熱《じょうねつ》と演奏《えんそう》への自信《じしん》から「こうあるべき」という態度《たいど》をいつも崩《くず》しません。

音楽《おんがく》だけでなく、ロバートへの接《せっ》し方《かた》も同《おな》じです。大人《おとな》あつかいと言《い》えば聞《き》こえはいいですが、ものすごく距離《きょり》があるのです。ロバートはお母《かあ》さんともっと子《こ》どもらしい親密《しんみつ》さでいろんなおしゃべりや体験《たいけん》をしたいのに、お母《かあ》さんはロバートとの距離《きょり》を縮《ちぢ》めません。

バイオリンほど愛《あい》されないのは、自分《じぶん》に何《なに》か足《た》りないところがあるのではとロバートはすっかり自信《じしん》をなくしています。お母《かあ》さんをうんと求《もと》めているのに、この夏休《なつやす》みも一緒《いっしょ》に過《す》ごしたいのに、言葉《ことば》に出《だ》せません。ノーをつきつけられるのがこわいのです。今飼《いまか》っている犬《いぬ》のエリーだってこんないい子《こ》なのに、ノーと言《い》って捨《す》ててしまった人《ひと》がいるのですから。

そんなロバートを支《ささ》えてくれる人《ひと》たちがいます。お母《かあ》さんからするとずいぶん変《か》わり者《もの》のおばあちゃんのマッディは、心《こころ》も暮《くら》しかたも自由《じゆう》な人《ひと》です。ご近所《きんじょ》の医者《いしゃ》ヘンリーも。ロバートとこのふたりとの会話《かいわ》には、生《い》きるうえで大切《たいせつ》なことを考《かんが》えるヒントがいっぱいかくれています。

マッディたちと過《す》ごすうちに、ロバートは少《すこ》しずつ自信《じしん》を取《と》り戻《もど》し、口《くち》に出《だ》さなかった本音《ほんね》を伝《つた》えてもいいのだと気《き》がつきます。ドライで子《こ》ども嫌《ぎら》いに思《おも》えたお母《かあ》さんには、子《こ》ども時代《じだい》の辛《つら》い体験《たいけん》がありました。愛《あい》する者《もの》を失《うしな》ったとき傷《きず》つくのがこわくて、愛《あい》しすぎないようにずっと距離《きょり》をとってきたようです。ラジオから流《なが》れるバイオリン演奏《えんそう》がお母《かあ》さんだとわかったよと伝《つた》えたことで、お母《かあ》さんはロバートがいつも自分《じぶん》を見《み》つめて求《もと》めていることに気《き》がつきます。ずいぶん遠回《とおまわ》りをしましたが、やっとお互《たが》いの気持《きも》ちを少《すこ》しずつ伝《つた》え合《あ》えそうです。

失《うしな》うのがこわくて愛《あい》せない人《ひと》や、拒絶《きょぜつ》されるのがこわくて「助《たす》けて！」と言《い》えない人《ひと》が、今《いま》の時代《じだい》にはたくさんいるのを感《かん》じます。ほんの少《すこ》し信《しん》じて、一歩《いっぽ》を踏《ふ》み出《だ》してはどうでしょうか？　かならずだれかが、あなたの声《こえ》を聞《き》き届《とど》け、寄《よ》り添《そ》ってくれるはずです。

ヘンリーが聴診器《ちょうしんき》できかせてくれたロバートの心臓《しんぞう》の、ドクン、ドクン、ドクン……という音《おと》は、ほんものです。あなたのドクン、ドクンもちゃんと聞《き》こえていますよ。

若林千鶴《わかばやしちづる》

著者　パトリシア・マクラクラン

アメリカ、ワイオミング州生まれ。コネチカット大学卒業後、英語教員になる。『のっぽのサラ』(徳間書店)で、ニューベリー賞を受賞。家族愛をテーマに、人間の温かさと優しさにあふれる作品に定評がある。『七つのキスと三つのきまり』『わたしさがしのかくれんぼ』『おじいちゃんの目、ぼくの目』(以上文研出版)、『やっとアーサーとよんでくれたね』(さ・え・ら書房)『草原のサラ』『犬のことばが聞こえたら』(以上徳間書店)ほか多数。夫と2匹の犬とともにマサチューセッツ州在住。

訳者　若林千鶴（わかばやし　ちづる）

大阪府生まれ。大阪教育大学大学院修了。公立中学校で長年「たのしく読んで考える読書」を中心に指導と実践。著書に『学校図書館を子どもたちと楽しもう』(青弓社)『読書感想文を楽しもう』(全国学校図書館協議会)ほか。翻訳は『はばたけ、ルイ！』(リーブル)、『スターリンの鼻が落っこちた』『アルカーディのゴール』(以上岩波書店)、『ぼくと象のものがたり』(鈴木出版)、『あたし、アンバー・ブラウン！』(文研出版)『読書マラソン、チャンピオンはだれ？』(文渓堂)ほか多数。大阪市在住。

画家　たるいし まこ（垂石　眞子）

神奈川県茅ケ崎市生まれ。多摩美術大学卒業。小さい頃から、動物の絵を描くのが好きで、現在は、絵本作家として子どもの本を数多く出版している。主な作品に『もりのふゆじたく』『きのみのケーキ』『あいうえおおきなだいふくだ』『サンタさんからきたてがみ』(以上福音館書店)『ライオンとぼく』(偕成社)『おかあさんのおべんとう』(童心社)『わすれたっていいんだよ』(光村教育図書)『けんぽうのえほん・あなたこそたからもの』(大月書店)など。日本児童出版美術家連盟会員。

ぼくのなかのほんとう

作　者　パトリシア・マクラクラン
訳　者　若林千鶴　　画　家　たるいし まこ
発　行　2016年2月24日初版発行　2017年5月15日第2刷
発行所　株式会社リーブル　〒176-0004 東京都練馬区小竹町2-33-24-104
Tel.03(3958)1206　Fax.03(3958)3062　http://www.ehon.ne.jp
印刷所　光村印刷株式会社

　ISBN978-4-947581-83-9